ESQUETES DE
Nova Orleans

WILLIAM FAULKNER

ESQUETES DE
Nova Orleans

Tradução
Leonardo Fróes

JOSÉ OLYMPIO
EDITORA

Título original em inglês
NEW ORLEANS SKETCHES

© 1958 by Rutgers
The State University

Reservam-se os direitos desta edição à
EDITORA JOSÉ OLYMPIO LTDA.
Rua Argentina, 171 – 1º andar – São Cristóvão
20921-380 – Rio de Janeiro, RJ – República Federativa do Brasil
Tel.: (21) 2585-2060 Fax: (21) 2585-2086
Printed in Brazil / Impresso no Brasil

Atendemos pelo Reembolso Postal

ISBN 85-03-00726-6

Foto de Jefferson Mello
Capa: FOLIO/Cristiana Barreto e Flávia Caesar

CIP-Brasil. Catalogação-na-fonte
Sindicato Nacional dos Editores de Livros, RJ

F267e
Faulkner, William, 1897-1962
    Esquetes de Nova Orleans / William Faulkner / tradução de Leonardo Fróes. – Rio de Janeiro, José Olympio, 2002.

    Tradução de: New Orleans sketches
    ISBN 85-03-00726-6

    1. Nova Orleans (Estados Unidos) – Usos e costumes – Crônica. I. Fróes, Leonardo. II. Título.

CDD – 818
CDU – 820 (73)-8

02-1015

Sumário

Sobre os Esquetes   7
Nova Orleans   35
Espelhos da Chartres Street   53
Damon & Pítias Ilimitada   61
Terra Natal   75
Ciúme   85
Pô!   97
Fora de Nazaré   105
O Reino de Deus   119
O Rosário   129
O Sapateiro   139
Sorte   145
Pôr-do-sol   155
O Garoto Aprende   169
O Mentiroso   179
Episódio   197
Ratos do Campo   205
Yo Ho e Duas Garrafas de Rum   223

Sobre os Esquetes

EM 1925, COM VINTE E SETE anos de idade, William Faulkner, que até então tinha sido quase exclusivamente poeta, começou a publicar ficção. Durante esse ano, no qual viveu por seis meses em Nova Orleans, ele colaborou com um jornal da cidade, o *Times-Picayune*, em cuja seção dominical de variedades publicou dezesseis contos e esquetes assinados. São textos de particular interesse; alegrei-me por isso ao dar com eles nos arquivos do *Picayune*, exatamente um quarto de século após sua publicação, e sou grato a Mr. George W. Healy Jr., então editor-chefe do jornal, por logo me conceder permissão para reproduzi-los.

Antes que isso se tornasse possível, porém, a equipe de *Faulkner Studies*, tendo sabido da existência de onze dos dezesseis esquetes, reimprimiu-os em 1953 como *Mirrors of Chartres Street by William Faulkner*. Em 1955, depois de mais dois esquetes do *Picayune*, do tipo dos *Mirrors*, lhes terem sido levados à atenção, os mesmos editores os republicaram num volume intitulado *Jealousy and Episode: Two Stories by William Faulkner*, repondo assim em circulação, em dois volumes, treze dos esquetes. Tais reimpressões ainda deixavam de fora, esquecidos na coleção de 1925 do *Picayune*, três contos longos e assinados de Faulkner, além de conterem muitos erros de leitura, omissões e acréscimos. Parece portanto útil, agora, juntar todos os dezesseis esquetes num só livro de texto mais apurado. Acrescente-se que este livro reimprime também "New Orleans," um conjunto de vinhetas que Faulkner publicou no número de janeiro-fevereiro de 1925 de *The Double Dealer*, revista literária de Nova Orleans.

William Faulkner tinha encerrado uma fase de sua vida quando chegou a Nova Orleans em 1925. Três anos antes, voltara de Nova York para sua terra, para trabalhar como agente temporário do correio na Universidade de Mississippi; e para fazer um concurso, em 3 de dezembro de 1921, que o efetivaria no cargo. Na primavera seguinte ele já se tornara agente permanente, situação que manteve até pedir demissão, em 31 de outubro de 1924. Não foi uma experiência agradável e, imediatamente após deixar o emprego, Faulkner fez sua famosa observação sobre o alívio de não mais estar à disposição de todos que, naquela época de módicas tarifas postais, tivessem dois centavos na mão. Parecia também contente por ficar livre para dar-se em tempo integral à escrita — livre, como disse a um amigo no dia seguinte à sua demissão, para observar nas ruas o colorido da vida, para pegar o seu cachimbo e papel e poder sonhar e escrever. Em seus comentários para esse amigo, ele acrescentou que não pretendia mais ser controlado pelo relógio nem pela rotina diária de um emprego convencional.

Outro amigo, Phil Stone, lembra-se de que Faulkner fora para Nova York, antes do emprego no correio, não apenas para estudar artes gráficas, mas também para ficar mais perto de editores que poderiam aceitar sua poesia. Agora, com o fim do trabalho como agente, ele aparentemente decidira viajar à Europa, talvez agindo, como sugere Phil Stone, a partir do princípio de que uma boa maneira de obter reconhecimento literário nos Estados Unidos é consegui-lo primeiro no exterior, princípio que já servira a Robert Frost — e que mais tarde serviria ao próprio Faulkner por vias que então ninguém podia prever.

É possível também que Faulkner tenha decidido juntar-se a outros exilados na Europa, em reação ao estado da vida literária na América, pois ele falou desabridamente disso num ensaio publicado pela *Double Dealer* de Nova Orleans quase em sua chegada à cidade:

> O crítico americano... toma a obra em exame por um instrumento no qual tocar difíceis arpejos de virtuosismo. Isso parece tão superficial, tão inútil...
> Na Inglaterra eles fazem esse tipo de coisa muito melhor do que na América! Claro que na América há críticos igualmente sensatos e tolerantes e bem-aparelhados, mas com poucas exceções eles não têm status: são ignorados pelas revistas que estabelecem o padrão; ou eles, julgando as condições insuportáveis, ignoram as revistas e vivem no exterior. Em recente número de *The Saturday Review*, Mr. Gerald Gould, resenhando *The Hidden Player*, de Alfred Noyes, diz:

"As pessoas não falam assim... Não há como fixar a fala comum de pessoas comuns; o resultado em geral seria enfadonho... Dar o detalhe fatal é enganador." Eis aí a essência da crítica. Tão justa e clara e completa: nada mais há a ser dito. Uma crítica que não só o leitor, mas também o autor, pode ler com proveito. Mas que crítico americano se deixaria ir por aí? A resenha inglesa critica o livro, a americana, o autor. O crítico americano impinge ao público leitor um bufão desnaturado, em cuja sombra se ocultam vagamente os títulos de vários volumes por abrir. Certamente, se há duas profissões nas quais não deveria haver inveja profissional, são elas a prostituição e a literatura.

Fossem quais fossem suas razões, Faulkner parece ter deixado claro, ao sair de Oxford, que ele iria também sair do país, pois o autor de uma "Carta Caipira" no jornal de estudantes da Universidade de Mississippi, em 5 de dezembro de 1924, dizia que Faulkner tinha "se mandado do correio... Comenta-se que o Bill vai se refugiar numa ilha nos trópicos, espichar-se ao doce perfume das folhas de acácia e pés de abóbora e compor sonetos ao pobre mundo indefeso, que ninguém é capaz de diagnosticar." O jornal da cidade, mais sóbrio, disse: "Há rumores freqüentes de que Mr. Faulkner viajará ao exterior em futuro próximo." Uma evidência a mais contra a opinião ocasionalmente expressa de que Faulkner foi para Nova Orleans a fim de se juntar ao grupo literário em torno de Sherwood Anderson encontra-se na resenha de *The Marble Faun* por John McClure, escrita para o *Picayune* quase nos mesmos dias da chegada de Faulkner à cidade: "O autor desta resenha acredita que Mr. Faulkner promete grandes coisas. Em breve ele parte para a Europa."

Faulkner no entanto adiou seu embarque, instalou-se no Vieux Carré e começou quase de imediato a escrever os esquetes e contos que aqui estão reimpressos. Anteriormente ele havia publicado dois textos de ficção — um conto e uma vinheta, ambos no jornal de estudantes da Universidade de Mississippi. Fizera suas tentativas para o teatro em pelo menos uma peça estudantil não publicada e em *Marionettes*, que ele mesmo "publicou" em livretos manuscritos, na década de 1920, ilustrando-os habilidosamente à maneira de Beardsley e presentando-os a alguns amigos. Escrevera também grande quantidade de poesia, da qual havia publicado um poema em *The New Republic* (1919), outro em *The Double Dealer* (1922) e muitos no jornal e no anuário da Universidade de Mississippi. Preparara um volume de poemas, então intitulado *The Greening Bough*, que seria publicado uma década mais tarde, e acabara de lançar, no fim de 1924, seu primeiro livro de poemas, *The Marble Faun*, com introdução de Phil Stone.

Malgrado a eventual decepção que sentisse por não ter sua poesia uma publicação mais ampla, ele não perdia o bom humor: quando *The New Republic*, que tinha aceito "L'Après-Midi d'un Faune," devolveu outros poemas, Faulkner e Stone, para fazer chacota, mandaram um poema de John Clare, sem identificar seu autor. Ao ser rejeitado esse poema, mandaram "Kubla Khan." E divertiram-se quando o editor, ao devolver esse também, disse que gostara do poema, Mr. Coleridge, mas que ele não parecia levar a parte alguma.

A poesia de Faulkner, publicada ou não, e seus primeiros ensaios críticos mostram como ele tinha se interessado pela obra de, entre outros, Shelley, Keats, Verlaine, Housman, Eliot, Pound — e Swinburne, que ele caracterizara, numa resenha para o jornal estudantil, como "uma mistura de adoração apaixonada da beleza e um desespero e desgosto igualmente apaixonados por suas manifestações e acessórios na raça humana." Outras resenhas por ele escritas para o jornal estudantil mostram sua admiração por Conrad Aiken — "uma nesga de azul que o céu mandou" — bem como sua desaprovação da poesia de Vachel Lindsay e Carl Sandburg. Sobre Amy Lowell, Faulkner escreveu em 1921 que ela "tentava uma prosa polifônica que, malgrado o fato de haver criado algumas deliciosas estatuetas de vidro perfeitamente soprado, é meramente uma flatulência literária; e que a deixou, de canudo na mão, olhando numa ingênua surpresa para o ar, depois de suas bolhas explodirem."

Por meio da publicação por *The Double Dealer* de seu poema "Portrait" (1922), William Faulkner tinha feito uma primeira conexão com a vida literária de Nova Orleans. Quando ele chegou à cidade, em 1925, descobriu que a redação da revista, num prédio velho em 204 Baronne Street, era um dos pontos de convergência dos escritores locais. E encontrou em um de seus editores um homem que por muitos anos seria seu amigo íntimo e um ativo padrinho: John McClure, cujas resenhas altamente perceptivas destacavam-se em *The Double Dealer* e cuja coluna regular no *Picayune*, "Literatura — e Menos," punha suas edições dominicais em relevo entre os jornais americanos que publicavam páginas de livros. McClure, Julius Friend, Albert Goldstein e Basil Thompson tinham fundado *The Double Dealer* em janeiro de 1921. Em breve sua editora-chefe passou a ser Lillian Friend Marcus, que gentilmente deu permissão para republicar neste volume a série de vinhetas de Faulkner intitulada "New Orleans." Entre os autores da revista estavam Sherwood Anderson, Hart Crane, John Crowe Ransom, Djuna Barnes, Robert Penn Warren, Maxwell Bodenheim, Carl Van Vechten, Hamilton Basso, Donald Davidson, James Feibleman, Mark Van Doren, Ezra Pound, Malcolm Cowley, Howard Mumford Jones, Thornton Wilder, Allen Tate e Edmund Wilson. Um ponto de justificável orgulho por parte dos ex-editores e proprietários de *The Double Dealer* foi seu pioneirismo na publicação da obra tanto de Faulkner quanto de Hemingway — um pioneirismo tão grande, de fato, que ao ser publicado um esquete de Hemingway, em maio de 1922, as notas da revista sobre os colaboradores diziam dele: "Ernest M. Hemingway é um jovem escritor americano que vive em Paris. Muito apreciado por Ezra Pound, pretende publicar em breve um livro de poemas."

Um dos fundadores de *The Double Dealer*, Albert Goldstein — lembrando que a revista tinha sido planejada não apenas para estimular novos escritores, mas também para provar a H.L. Mencken o erro de sua afirmação de que no Sul não havia cultura — assinalou que ela cumpriu as duas missões, pois nos seus seis anos de existência estabeleceu uma lista de autores "de primeira," além de impressionar bastante Mencken, a ponto de levá-lo a escrever em *The Smart Set* que *The Double Dealer* estava tirando o Sul de uma estagnação cultural.

O exame de *The Double Dealer* logo deixa claro que as pessoas que a dirigiam — com as quais William Faulkner esteve em contato nesses meses de 1925 e quando ele voltou a Nova Orleans em 1926 — tinham pleno conhecimento das correntes intelectuais e estéticas que tornavam a década de 1920 tão importante na literatura americana. E, com nosso conhecimento do modo como subseqüentemente Faulkner veio a escrever, é confortador ler o profético editorial de Basil Thompson, publicado em 1921 e republicado numa edição comemorativa em 1924, que dizia, quase como se Mr. Thompson já estivesse antevendo a carreira dele:

> É mais que tempo, acreditamos, para que dos encharcados pântanos da literatura sulista emerja um autor vigoroso, dotado de uma clara visão...
> Não seria pretensão infundada arriscar-se a admitir que agora mesmo em nosso meio se oculte algum Sherwood Anderson sulista, algum Sinclair Lewis menos entediante... Há centenas de cidadezinhas no Alabama, Mississippi e Louisiana borbulhando de temas para a ficção... A velha baboseira comercial sulista deve sair de cena — a obsessão do linchamento, a pequena Eva, o coronel do Kentucky, aquela história de ter um avô negro — uma literatura mais segura, mais sadia, mais viril, menos sentimental, deve aparecer. Todos os sintomas indicam que a reação está prestes a acontecer.

Sherwood Anderson era sem dúvida a maior celebridade do que Faulkner desde então considerava "nosso grupinho de Nova Orleans." Já em 1922 Anderson tinha morado por pouco tempo em Nova Orleans, alugando um quarto no French Quarter e informando que fora para lá "porque eu adoro uma coisa basicamente cultural na vida aqui, porque aqui nesta cidade se publica a *Double Dealer*." No mesmo artigo de revista, prosseguiu ele, conclamando outros artistas a irem para Nova Orleans:

... Dirijo-me a esses companheiros. Quero falar-lhes das longas e silenciosas caminhadas a fazer pelo cais, nos fundos da cidade, onde velhos navios já desativados ainda erguem seus mastros no céu crepuscular. Os passantes, nas ruas daqui, têm um andar mais relaxado... Mantenho-me em minha afirmativa de que cultura significa antes de tudo a fruição da vida, o lazer e uma noção de lazer. Significa tempo para um jogo da imaginação por sobre os fatos da vida, significa tempo e vitalidade para ser sério sobre coisas realmente sérias e um fundo de alegria de vida no qual refrescar os espíritos cansados.

Numa civilização onde o fato se torna dominante, submergindo a vida imaginativa, ter-se-á o que hoje predomina nas cidades de Pittsburg e Chicago.

Quando o fato for tornado secundário ao desejo de viver, amar e compreender a vida, pode ser que venhamos a ter em mais cidades americanas esse encanto do lugar que hoje se encontra nas partes mais antigas de Nova Orleans.

No verão de 1924, após ter se casado com Elizabeth Prall, Anderson voltou para Nova Orleans, instalando-se, com um sentimento de permanência, no French Quarter. Faulkner aparentemente visitou Nova Orleans no final de 1924, tendo como principal intenção, talvez, se encontrar com Anderson. Tal encontro deve ter sido facilitado por seu prévio conhecimento da esposa dele, com a qual

Faulkner entrara em contato ao trabalhar para ela numa livraria em Nova York. Segundo um amigo, desde que lera *Horses and Men*, que Anderson publicara em 1924, ele estava doido para conhecê-lo; já a caminho de Nova Orleans, Faulkner disse a esse amigo que considerava "I'm a Fool," junto com *Heart of Darkness* de Conrad, os dois melhores contos que já tinha lido.

Faulkner parece ter impressionado Anderson de imediato — se se presume que o texto intitulado "A Meeting South," que Anderson disse ter escrito em 1924 e que ele publicou em abril de 1925, baseia-se em parte no primeiro encontro dos dois. E Faulkner ficou impressionado, como logo assinalou num artigo para um jornal do Texas, pelas características autóctones de Anderson, por ele ser um "americano e, mais do que isso, um produto da terra do Meio Oeste... Um milharal com uma história a contar e uma língua com a qual fazê-lo." Quando Anderson voltou para Nova Orleans em março de 1925, após dois meses de um ciclo de palestras, os dois passaram muito tempo juntos, caminhando pelo French Quarter e ao longo do Mississippi, ou sentando-se em cafés e no Jackson Park. Certa vez, segundo Faulkner, tomaram um barco para um passeio pelo rio, e participaram de excursões em iate pelo lago Pontchartrain que iriam contribuir para o romance de Faulkner *Mosquitoes*, no qual Anderson aparece como Dawson Fairchild.

Ambos os escritores afirmariam mais tarde que a associação entre eles havia orientado Faulkner para a ficção e que foi Anderson quem colocou o primeiro romance de Faulkner, *Soldiers'Pay*, na editora Boni & Liveright. Em 1929 Faulkner dedicou seu romance *Sartoris* "A Sherwood Anderson, por cuja bondade fui pela primeira vez publicado, com a crença de que este livro não lhe dará razões para lamentar o fato."

Após 1926 Anderson se ressentiu com a paródia dele por Hemingway, em *Torrents of Spring*, e com a paródia mais branda, por Faulkner, na introdução a *Sherwood Anderson & Other Famous Creoles*. Porém Anderson, apesar de sua reação à paródia, nunca ao longo da vida deu sinais de arrepender-se de ter sido dos primeiros a estimular a obra de Faulkner: ele garantiu a Liveright que Faulkner tinha futuro; escreveu a Maxwell Perkins que os contos de Hemingway e Faulkner davam-lhe "grande emoção"; a seu amigo Roger Sergel disse que Faulkner e Hemingway não tinham "vendido sua vida imaginativa"; escreveu em 1935 que "Stark Young e sua espécie não tomam conhecimento" do "Sul dos brancos, vencido, ignorante, tiranizado pela Bíblia" de Huey Long, mas que "Faulkner realmente o aborda de quando em quando"; no mesmo ano ele listou Faulkner e Hemingway entre os escritores profissionais que tinham plena consciência de ser escritores "de verdade"; e em 1937 escreveu que Faulkner, como Wolfe, "pode escrever sobre acontecimentos terríveis, mas sempre se sente uma simpatia interna pelos fatos da própria vida."

Faulkner disse que o que ele mesmo considerou "a questão da infeliz caricatura" em *Sherwood Anderson & Other Famous Creoles* levou Anderson a declinar de vê-lo por anos. Em poucas ocasiões mais, ao que parece, eles se reencontraram: num coquetel em Nova York, quando Faulkner mais uma vez se deu conta de que Anderson era "um gigante numa terra povoada em grande parte — grandíssima — por pigmeus," e num rápido encontro de escritores na Virginia, em 1931, quando devem ter tido pouca comunicação na multidão presente, onde as demais celebridades iam de Ellen Glasgow, James Branch Cabel e John Peale Bishop ao autor de *Mrs. Wiggs of the Cabbage Patch*. Em 1937, quando o Algonquin ainda era um centro de gente do mundo artístico em Nova York, encontraram-se lá uma ou duas vezes. Em 1940, não muito antes de morrer, Anderson escreveu para *We Moderns*, publicação do Gotham Book Mart, um breve relato de sua associação com Faulkner em Nova Orleans, elogiando mais do que sua ficção ao dizer que Faulkner era um "contista mas também algo mais. É no homem que se pensa no Sul, quando eles empregam a palavra 'gentil.' Ele é sempre assim. A vida pode ser às vezes infinitamente vulgar. Bill não o é nunca."

Sherwood Anderson & Other Famous Creoles, onde Faulkner faz uma paródia engenhosa do estilo quente, folclorizado, às vezes espalhafatoso de Anderson, foi resultado de uma colaboração entre Faulkner e o artista William

Spratling, que é mencionado várias vezes nos textos do *Picayune* que aqui estão reimpressos. Spratling era então professor de arquitetura na Universidade Tulane e depois, em Taxco, foi responsável por um projeto de revitalização do artesanato nativo. Ele morava num andar superior do prédio onde Faulkner alugou um quarto no térreo durante a maior parte de sua estada em 1925 no French Quarter — no número 624 da Orleans Alley, a pitoresca rua que corre pela agradável área nos fundos da catedral de Saint Louis, depois chamada de Rua dos Piratas, por seu comércio turístico. Spratling se lembra — assim como Mrs. John McClure, que morava noutro andar do mesmo prédio, — de que era comum encontrar Faulkner escrevendo a todo vapor desde manhã bem cedo. No esquete do *Picayune* intitulado "Fora de Nazaré," Faulkner nomeia Spratling como seu companheiro numa caminhada pelo French Quarter, referindo-se a ele como alguém "cuja mão, ao contrário da minha (ai de mim!) se afeiçoou a um pincel." De há muito Faulkner se interessava por desenho e pintura, tendo demonstrado real habilidade nas ilustrações para sua peça *Marionettes* e em muitos desenhos que havia feito para o anuário da Universidade de Mississippi e para uma revista de humor; e uma boa noção de cor nas pinturas que ilustram seu *Mayday*. Faulkner contudo não esperava mais ser um artista gráfico profissional: em "Fora de Nazaré" ele escreveu não só que a mão de Spratling "se afeiçoou a um pincel," mas também, no tocante a si mesmo, que "as palavras são meu alimento, meu pão e água." Conjugando seus talentos, Spratling e Faulkner colaboraram em *Sherwood Anderson & Other Famous Creoles* em 1926. No ano anterior Miguel Covarrubias havia publicado *The Prince of Wales and Other Famous Americans*, um livro de caricaturas de celebridades dos Estados Unidos. *"Com Respeitosa Deferência a MIGUEL COVARRUBIAS,"* Spratling desenhou para *Sherwood Anderson & Other Famous Creoles* retratos caricaturados de quarenta e um membros dos círculos artísticos e literários de Nova Orleans, começando com Sherwood Anderson e incluindo Roark Bradford, então um dos editores do *Picayune*; Jonh McClure; Lillian Marcus, desenhada como se para uma ilustração de capa de *The Double Dealer*; Hamilton Basso, que estudava então em Tulane; e Lyle Saxon. O livro terminava com uma caricatura de Spratling e Faulkner, bem providos de três garrafas de uísque, desenhando e escrevendo sob um cartaz na parede que proclama "Viva Art." Dedicaram o volume "A TODOS OS ARTIFICIOSOS E ASTUTOS DO FRENCH QUARTER." Spratling se lembra de que eles "empurraram 400 exemplares a amigos, a US$1.50."

Dentre os amigos que compraram provavelmente esse livro, um dos mais animados era um homem que se diz ter intrigado Faulkner nesses meses de Nova Orleans: o coronel Charles Glenn Collins. Era um escocês, cuja polida desenvoltura em conversas tornava agradáveis para

Faulkner e o restante do grupo os dias passados no lago Pontchartrain, em barcos ou nas praias. Tinha levado uma vida de aventuras, cheia de altos e baixos, como mostra claramente o manuscrito de sua autobiografia, que sua família gentilmente me emprestou. A façanha mais notável, no tocante a Nova Orleans, terminara não muito antes de Faulkner chegar à cidade: o coronel, por causa de sua alegada incapacidade de pagar 50 mil dólares em jóias em Bombaim, passou uma temporada na cadeia em Nova Orleans, enquanto travava o que um jornal local, *Item*, informou ser a mais longa luta contra extradição da história americana. Segundo se comentava na cidade, a prisão do coronel tinha um aspecto interessante: seus carcereiros o consideravam tanto, que de vez em quando ele podia alugar um iate para um passeio pelo lago Pontchartrain, juntando no mesmo barco, aos carcereiros, seus amigos artistas e escritores. No começo de 1924 ele se viu completamente livre das acusações e voltou à vida no French Quarter. O coronel parece ter fornecido a base para um personagem de *Mosquitoes* — do mesmo modo que vários outros integrantes do grupo literário do quarteirão francês.

É possível que algumas poucas sugestões para o personagem de *Mosquitoes* chamado Pete, ou para seu irmão mais velho, Joe, e que mais sugestões para um personagem de "Ratos do Campo," um esquete do *Picayune* aqui reimpresso pela primeira vez, tenham vindo da vida de um homem apelidado de Slim ("Magrão"), um agregado dos círculos artísticos do French Quarter durante a lei-seca. Como lembrou o *Item* de Nova Orleans na época do assassinato de Slim, em 1937, "sua associação com os locais de venda de bebidas no Vieux Carré tornou-o um dos homens mais conhecidos do bairro, pelo que se dizia." Esse homem chamou a atenção de Faulkner, que por ele se interessou. Um ex-repórter do *Picayune* recorda-se que alguns dos rapazes da redação guardavam seu dinheiro com Slim, que o entregaria a eles em pequenas quantias regulares, para ajudá-los a equilibrar seus gastos, e que ninguém se atrevia a discutir com o homem. Ele, que tinha estudado para ser padre e era muito lido, fazia seus negócios na maior discrição e nunca apareceu nos jornais durante a carreira profissional ativa. Dizia-se que tinha usado muitos barcos em seus negócios; e provavelmente era com ele que Faulkner, nos episódios dos quais falou, atravessaria o lago para entrar no golfo e parar sem luzes até que as patrulhas da Guarda Costeira já tivessem passado.

Roark Bradford, um ano mais velho do que Faulkner, era outro dos seus conhecidos de Nova Orleans. Bradford o admirava como homem e como artista. Alguns anos depois, quando Faulkner já publicara importantes romances, Bradford disse a amigos de Nova Orleans que o considerava o maior escritor americano. Ele e Faulkner passaram juntos muitas horas de lazer, em geral partilhadas com seu amigo em comum John McClure. Um dos seus pontos favoritos era uma mesa de canto num cabaré da Franklin Street, bem perto da Canal, onde a música do talentoso clarinetista Georgia Boy era um prazer especial para Faulkner. Outro café que esses amigos costumavam freqüentar era um do qual se dizia que era usado pelo dono como seu escritório para dirigir boa parte da atividade comercial mais lucrativa do bairro, café que ele porém mantinha com decoro — e considerável estilo, servindo os melhores sanduíches de Roquefort que John McClure se lembra de já ter comido. H.L. Mencken, que era um admirador da poesia e crítica de McClure e continuamente o incentivava a publicar mais, de vez em quando visitava Nova Orleans. As informações indicam que Faulkner, nessas ocasiões, deixava a conversa mais por conta dos outros — como fazia quando estava com seus amigos na redação do *Picayune*, segundo um dos ex-repórteres, Mr. George Tichenor, que se lembra de que todos os rapazes mais novos "veneravam estrelas de real magnitude na constelação da cidade. Na época havia Roark Bradford, John McClure, Lyle Saxon, Gwen Bristow, um inglesinho chamado Eddie Dix, que descobriram ser um lorde incógnito, e um variado sortimento de loucos com animação e talento. Dorothy Dix, apesar de aposentada, gostava da badalação." Mr. Tichenor recorda que o *Picayune* tinha predileção por contratar militares, sendo um deles o editor-chefe, coronel James Edmonds, que simpatizou com Faulkner e deve ter fortalecido a idéia de ele publicar uma série de textos no jornal.

Os esquetes, que começaram a sair no *Picayune* em 8 de fevereiro de 1925, provavelmente foram pagos pela tabela em vigor, algo entre quinze e vinte e cinco dólares por meia página da seção dominical de variedades. Com freqüência se diz que Sherwood Anderson estimulou Faulkner a escrever ficção, e o próprio Faulkner apóia generosamente essa crença; é porém duvidoso que os primeiros destes esquetes e contos do *Picayune* e que os textos que saíram no primeiro número de 1925 de *The Double Dealer* fossem produtos do exemplo cotidiano de Sherwood Anderson como escritor, porque Anderson esteve fora de Nova Orleans durante janeiro e fevereiro desse ano. Os esquetes e contos, por mais que fossem inspirados, anteciparam muito da subseqüente obra madura de Faulkner. Ao progredir a série, ao longo de 1925, Faulkner foi chegando mais perto de seus temas posteriores e adotando até, já quase ao fim, um elemento de sua temática característica ao ambientar "O Mentiroso" na roça, bem longe de Nova Orleans, do Vieux Carré e da Chartres Street.

Faulkner certamente foi irônico ao escolher "Espelhos da Chartres Street" como título de seu primeiro esquete e como subtítulo da maioria de seus outros textos para o *Picayune*. Havia no jornal a coluna "Espelhos de Washington," cheia de informações sobre homens da vida pública; e *Mirrors of Downing Street (Espelhos de Downing Street)*, de Harold Begbie, era então extremamente popular, com suas descrições de homens dos mais altos escalões do governo britânico. Os "Espelhos" de Faulkner — virados para uma das ruas mais movimentadas do French Quarter — refletem pessoas totalmente diferentes: o protagonista do primeiro esquete é um mendigo aleijado e a série toda inclui como personagens centrais um dinamitador, vigaristas de hipódromo, um dono de restaurante patologicamente ciumento, um jóquei, contrabandistas de uísque, um velho sapateiro e um jovem dado a arruaças. Ao invés de serem homens de poder e posses, os personagens dos "Espelhos" de Faulkner ou bem são estranhos à vida americana, como o narrador de "O Sapateiro," ou bem à vida urbana, como o negro do interior, perdido e vitimizado, de "Pôr-do-sol." O autor demonstra seu respeito e simpatia por essas pessoas, no primeiro esquete da série, ao louvar o "espírito desimpedido" do mendigo aleijado e compará-lo a "César a subir em seu carro por entre rosas jogadas." Faulkner lhes percebe a fome — de reconhecimento, de amor, de status, de dignidade — e disso faz um tema fundamental destes esquetes.

Assim como expandiu os temas de algumas das vinhetas intituladas "New Orleans," de *The Double Dealer*, nos textos mais longos do *Picayune*, entre eles

"O Sapateiro" e "Frankie e Johnny," Faulkner iria ampliar e enriquecer em grandes romances muitos de seus temas usados no *Picayune*. A referência em "Fora de Nazaré" à crença tranqüila de uma mulher grávida de que a natureza cuidará dela antecipa a Lena Grove, de sete anos mais tarde, de *Light in August (Luz de Agosto)*; o mesmo esquete, com seu comentário de que os homens do parque "haviam aprendido que a vida não só é destituída de alegria ou paixão, como também nem mesmo é particularmente dorida," antecipa um pouco a atitude que Mr. Compson viria a expressar a seu filho Quentin em *The Sound and The Fury (O Som e a Fúria)*; o serrote musical de "Terra Natal" reaparece, destinado a um uso mais simbólico, em *O Som e a Fúria*; em "O Reino de Deus," os olhos de centáurea-azul do idiota, seu narciso quebrado, sua berraria e sua silenciosa partida da furiosa cena final antecipam o tratamento tão mais efetivo e prolongado de Benjy em *O Som e a Fúria*; o cavalo que passa pela casa de Mis'Harmon em "O Mentiroso" se desenvolveria no cavalo que invade a casa de Mrs. Littlejohn em *The Hamlet (O Povoado)* e, de fato, em todo o bando selvagem de cavalos malhados; no mesmo esquete, o armazém, que teria de ser mudado apenas pelo acréscimo do monstruoso Flem Snopes para tornar-se a venda de Will Varner em Frenchman's Bend, também antecipa *O Povoado*; "Yo Ho e Duas Garrafas de Rum," até agora esquecido, como "O Mentiroso" e

"Ratos do Campo," nas coleções do *Picayune*, já aponta para um dos aspectos mais surpreendentes de *As I Lay Dying (Enquanto Agonizo)*, quando o cadáver do taifeiro chinês morto de há muito é posto na carroça sob um sol escaldante.

Grandes motivos são também prefigurados aqui. Em seus romances, Faulkner faria amplo uso de paralelos com a fé e os ritos do cristianismo, principalmente em *Sartoris, Enquanto Agonizo, Luz de Agosto, Pylon, O Povoado e A Fable (Uma Fábula)*. Os esquetes antecipam, em pequenas doses, tal prática característica. Por exemplo, "Fora de Nazaré" sugere, e não somente por seu título, um paralelo com Cristo. Seu pernonagem principal é um jovem, inocente e cheio de atenções e amor pelos humildes da Terra, que dormia com o gado sobre feixes de feno, que é "eterno." Tendo "servido a seu fim prescrito," de modo que "agora só precisa esperar," ele olha para a flecha — a cruz? — da catedral, "ou talvez fosse alguma coisa no céu que ele espiava." Como está quase de partida, deixa uma mensagem de encorajamento. Embora ele não seja especificamente equiparado a Cristo, é chamado de Davi, que o Novo Testamento e publicações religiosas oficiais mencionam como tendo sido "tanto um profeta quanto um tipo de Jesus Cristo." À luz da prática posterior de Faulkner, as características e experiências do Davi de "Fora de Nazaré" sugerem as de Cristo, possibilidade aumentada pelo fato de esse esquete ter sido publicado no *Picayune* no domingo de Páscoa de 1925, não sendo rotulado como parte da série "Espelhos da Chartres Street," apesar de estar ambientado no French Quarter.

Outro motivo associado a uma importante figura religiosa, que Faulkner iria estender além de seu aparecimento no *Picayune*, refere-se a São Francisco de Assis. O esquete do *Picayune* "O Garoto Aprende" termina quando o jovem gangster se confronta com uma garota, com o corpo jovem "todo brilhante e o cabelo nem castanho nem louro e aqueles olhos cor de sono," e toma conhecimento ao morrer de que ela é a "Irmãzinha Morte." Esse uso do acréscimo que o moribundo São Francisco fez a seu "Cântico das Criaturas" reaparecerá na obra de Faulkner. De modo geral, já parecia estar presente em seu poema "The Lilacs," publicado em *The Double Dealer* em junho de 1925, porém escrito muito antes. Uso ainda mais significativo, depois disso, foi feito na obra intitulada *Mayday*: quando Sir Galwyn of Arthgyl, liberto de Fome, a companhia que havia tido à mão direita, e de Dor, a companhia que havia tido à esquerda, aproxima-se de seu fim no rio, vê São Francisco e de bom grado vai juntar-se à esplendorosa jovem que ele fica sabendo ser a Irmãzinha Morte. Uma utilização posterior desse motivo, mais elaborada por causa dos problemas sobre a verdadeira irmã do protagonista, ocorrerá em *O Som e a Fúria*, quando Quentin Compson, também acompanhado por uma espécie de fome e uma espécie de dor, meditando sobre São

Francisco que tinha "dito Irmãzinha Morte," pensa em sua própria morte no rio, que se aproxima.

Elementos das técnicas posteriores de Faulkner se encontram nestes textos do início, que às vezes também demonstram sua força madura, seu controle e segurança, muito embora a série seja freqüentemente prejudicada por suas tateantes tentativas na aprendizagem de estilo e postura literária. Por exemplo, o inexperiente tratamento do monólogo interior em "Terra Natal," um dos primeiros da série, de modo algum conduziria o leitor a imaginar que apenas quatro anos depois William Faulkner publicaria, em *O Som e a Fúria*, parte do que de melhor já foi escrito no gênero.

Durante o período em que publicou no *Picayune* estes esquetes, Faulkner estava trabalhando duro em seu primeiro romance, *Soldiers'Pay*, ao qual, segundo amigos, ele dera a princípio o título *Mayday*, que depois preferiu usar na mencionada obra alegórica. Segundo tanto Faulkner quanto Sherwood Anderson, este levou o manuscrito a Horace Liveright, que acabara de se tornar seu editor. A firma de Liveright estava então no auge do sucesso e iria publicar, nos doze meses seguintes, não somente o primeiro livro de Faulkner e o primeiro de Hemingway, *In Our Time*, mas também *Dark Laughter*, de Anderson, *Roan Stallion*, de Jeffers, *An American Tragedy*, de Dreiser, *The Thibaults*, de Roger Martin du Gard, e edições de T.S. Eliot, Ezra Pound, O'Neill e Freud.

Mas a editora não chegou à decisão de publicar *Soldiers' Pay* senão no final de 1925, e a essa altura Faulkner já não estava mais em Nova Orleans, tendo partido em sua primeira viagem à Europa. Quando ele e Spratling embarcaram no porto de Nova Orleans, em 7 de julho de 1925, como passageiros do cargueiro *West Ivis*, o *Picayune* já havia publicado doze de seus esquetes assinados. É possível que ele tenha escrito e deixado com os editores mais um esquete, "O Mentiroso," e talvez até um segundo, "Episódio." Só que "O Mentiroso" saiu na edição de 26 de julho, quando Faulkner já estava no mar, e ele o pode ter escrito também a bordo do *West Ivis*, enviando-o para o *Picayune* de Savannah, onde o navio aportou de 11 a 14 de julho, para deixar parte da carga e apanhar resina e línter para a travessia até Nápoles. Tal hipótese parece ser bem plausível, pois, embora o *Picayune* tenha publicado um esquete de Faulkner em todas as edições dominicais de abril e maio, não publicou nenhum em junho nem em julho antes do dia 26, e ex-integrantes da redação duvidam muito que a seção dominical daqueles tempos, fechada sempre às carreiras, pudesse ter em reserva um esquete destes. "O Mentiroso" é o primeiro conto publicado de Faulkner a passar-se no ambiente rural que ele iria utilizar com tanto êxito em boa parte de sua ficção maior. Não há como não especular também sobre a hipótese de, uma vez no mar, ele ter interrompido a série sobre o quarteirão francês de Nova Orleans para produzir este conto que já tanto prefigurava sua obra posterior.

Quando "Episódio" saiu no *Picayune*, em 16 de agosto de 1925, Faulkner e Spratling já haviam desembarcado em Gênova, em 2 de agosto, e Faulkner começava a perambular por boa parte do Norte da Itália, visitando Stresa; Piacenza; Pavia, onde se deixou encantar pelo silêncio da cidade e a paz do restaurante Pesce d'Oro; e a aldeia de Sommariva, nas montanhas perto do lago Maggiore, onde ele passou uma temporada em agosto com lavradores, participando de seu trabalho e lazer e escrevendo um livro de viagens não publicado.

Em setembro, quando "Ratos do Campo" saiu no *Picayune*, Faulkner, depois de viajar pela Suíça, já vivia em Paris há algum tempo, no 26 Rue Servandoni. Como em Nova Orleans, estava a apenas poucos passos de uma área aberta em torno de uma catedral — Saint Sulpice — e da liberdade de um parque mais espaçoso do que Jackson Square, os jardins do Luxembourg, onde passava grande parte do tempo.

Ao ajudar crianças, durante horas, a pôr seus barcos no lago, ele viu um velho de chapéu surrado e expressão em êxtase que ali brincava com barquinhos também — e que iria reaparecer, anos depois, na cena final de *Sanctuary (Santuário)*, quando crianças e um velhote andrajoso brincam no Luxembourg com barcos, enquanto Temple Drake, sentada ao lado de seu pai, boceja. Porém Faulkner, longe de experimentar o tédio de Miss Drake, estava escrevendo. Ao mesmo tempo em que o *Picayune* dava o último destes esquetes, "Yo Ho e Duas Garrafas de Rum," com sua viagem oceânica que ele pode ter baseado em parte na viagem até Gênova a bordo do *West Ivis*, Faulkner trabalhava, nos jardins do Luxembourg, num romance, tendo acabado há pouco um conto. Anos mais tarde uma matrona lhe perguntaria se era hábito dele escrever com hora marcada ou quando o espírito o impelia; ele respondeu que só no segundo caso, mas que o espírito o impelia a escrever todos os dias.

Faulkner retornou da Europa para os Estados Unidos no final de 1925, chegando ao Mississippi a tempo para o Natal com a família. No outono seguinte ele resumiu nestes termos, para um repórter do *Item* de Nova Orleans, o inverno, a primavera e o verão anteriores:

> William Faulkner, natural de Oxford, Mississippi, autor de *Soldiers' Pay*,... retornou ao Vieux Carré domingo para planejar o seu trabalho no inverno. Ao mesmo tempo, anunciou a publicação de *Mosquitoes*, outro romance.
> ... Mr. Faulkner, bronzeado de sol por ter trabalhado como pescador numa escuna de Pascagoula, e fumando um cachimbo com inscrição gravada, ganho na última primavera quando ele acertou um buraco de uma tacada só, ao atuar como profissional no Oxford Golf Club, sentava-se num apartamento na cidade velha, observando os telhados por onde a chuva caía...

WILLIAM FAULKNER

Ele falou de ter passado o verão trabalhando numa serraria, até machucar um dedo, e depois em barcos de pesca na costa do Mississippi. Seu novo livro foi escrito de noite, após as horas de trabalho.

Segunda-feira ele vai a Oxford, para uma breve permanência, e no fim de setembro retornará a esta cidade para o inverno.

Faulkner ainda escrevia poesia — como durante sua viagem à Europa ele continuara a fazer. Alguns sonetos dessa fase, que não foram publicados mas subsistiram, estão datados do mar, a bordo do *West Ivis*, de ao largo de Majorca e Minorca, de Paris e da Itália. Outros sonetos, escritos em 1926, ele datou de Pascagoula. Por mais oito anos, de quando em quando, Faulkner publicou poemas em periódicos; e *A Green Bough*, muito revisto em relação à forma original manuscrita, foi lançado em 1933. Em 1925, em Nova Orleans, ele porém se voltara para a ficção com força total. E nas três décadas seguintes, desenvolvendo muitos dos temas, técnicas, idéias e sentimentos que surgiram nestas obras de aprendiz, William Faulkner publicou mais de vinte volumes de ficção, grande parte da qual se encontra entre a melhor do século.

CARVEL COLLINS
Cambridge, Massachusetts,
junho de 1957

Nova Orleans

Janeiro-fevereiro de 1925

JUDEU RICO

"Adoro três coisas: ouro; mármore e púrpura; esplendor, solidez, cor[1]." As ondas do Destino, vindo espumantes do Oriente onde a infância da raça humana foi embalada, bramem sobre a face do mundo. Deixemo-las bramir: minha raça as transpôs. Minha raça sempre se lançou sobre as marés da História, corajosa e quiçá temerariamente, como meus velhos ancestrais fenícios, peitando os mares fabulosos não mapeados com seus barcos mercantes, iam em busca dessas coisas que eu também adoro. Sóis se levantam e se põem; gerações se levantam e se alegram e combatem e choram, e desaparecem. Deixemo-las: eu também sou apenas um montão de barro úmido diante da face de Deus. Porém sou velho, neste peito estão toda a dor e paixão e o pesar da raça humana: alegrias para incandescer, tormentos para queimar a alma.

Mas dessas cinzas amargas que eu sou irão surgir, qual fênix, herdeiros dos meus prazeres e dores, pois o sangue é velho mas forte. Ó vós, raças cruzadas, com vosso

---

[1] Citação de *Mademoiselle de Maupin*, de Théophile Gautier (1835-36; Paris: GF Flammarion, 1973), cap. IX, p. 201: "Trois choses me plaisent: l'or, le marbre et la pourpre, éclat, solidité, couleur." NT

sangue misturado e tornado ralo e perdido; com vosso sonho que se embaçou sem propósito, não sabendo o que desejais! Meu povo vos ofertou um sonho de paz que ultrapassa o entendimento, e as áridas areias sírias beberam o sangue dos vossos jovens; lancei-vos uma moeda de ouro, e comprastes o martírio da Morte nos jardins de Ahenobarbus[2]; arrancastes o Destino das mãos do meu povo, e vossos filhos e os meus jazem juntos na lama de Passchendaele[3], repousando lado a lado sob solo estrangeiro. Estrangeiro? Que solo para mim é estrangeiro? Vossos Alexandres e Césares e Napoleões erguem-se em sangue e ouro, com seus sumários clamores patrióticos, e então se vão, como os silvos das ondas que se encrespam na praia e morrem. Solo algum para meu povo é estrangeiro, pois não conquistamos todas as terras com a história da vossa Natividade? Os mares do Destino espumam perto. Deixemo-los! Meu povo há de subir-lhes à crista, quiçá para ser varrido como clarins soprados entre as estrelas frias.

"Adoro três coisas: ouro; mármore e púrpura; esplendor, solidez, cor."

---

[2] Ou Aenobarbo: sobrenome de um ramo da família romana Domícia. Personagem em *Anthony* & *Cleopatra*, de Shakespeare. NT
[3] Comuna da Bélgica, perto de Ypres, que foi palco de combates entre alemães e ingleses, em 1917 e 1918, durante a primeira guerra mundial. NT

ESQUETES DE NOVA ORLEANS

O PADRE

A noite como uma freira calçada de silêncio, a noite como menina que se esgueira pelo muro para encontrar seu amado —— O crepúsculo é como um bafo de vacas satisfeitas, mexendo-se por entre os lilases e agitando espigas de flores, tangendo os sinos insonoros dos jacintos que sonham fugazmente com Lesbos, sussurrando por entre as pálidas frondes das palmeiras.

Meu Deus, meu Deus. A lua é uma foice de prata pronta a ceifar a rosa da noite na banda oeste do céu; a lua é um barquinho de prata em mares verdes sem margens. Ave, Maria, sonho... Tão como pássaros de asas de ouro, as notas cadenciadas do sino saem voando para o alto, passando com claro e tênue lamento pela investida derradeira e grácil da cruz e flecha da torre; e o eco, tão como a cotovia em mergulho, cai cantando. Ave, Maria... Meu Deus, meu Deus, essa noite deveria vir logo.

Órion pelos prados estrelados vagueia, a carroça da Ursa Maior range irrompendo no escuro pela grama levemente orvalhada da Via Láctea. Dor, e o amor que morre. Ave, Maria! uma pequena virgem de prata, aflita e triste e piedosa, lembrando-se da boca de Jesus em seu seio. Mortificação, e a carne como um bebê chorando por entre árvores negras... "agarre bem meu cabelo, e me beije através dele — assim: Meu Deus, meu Deus, meu Deus, esse dia deveria vir logo!"

Ave, Maria; deam gratiam... torre de marfim, rosa do Líbano ——

FRANKIE E JOHNNY

Sabe, baby, antes de eu ter te visto era como se eu fosse uma daquelas barcaças atravessando sem parar um rio escuro ou não sei o que por mim mesmo; atravessando e reatravessando sem nunca chegar a lugar nenhum e nem sequer sabendo disso e pensando que o tempo todo era eu. Cheio, sabe, de um monte de nomes de pessoas e coisas e pensando que o tempo todo era a grana. Ouve e me diz:
Quando eu vi você chegando ali por aquela rua de trás foi que nem se as duas barcaças não tivessem se visto até então, e que em vez de uma cruzar pela outra elas iriam parar quando se encontrassem, e que iriam virar e ir lado a lado juntinhas aonde não havia ninguém a não ser elas. Ouve, baby: antes de eu ver você eu era apenas um garotão violento, como o que velho Ryan, o tira, diz que eu era, não fazendo nada e não valendo nada e não ligando pra nada a não ser eu mesmo. Mas quando aquele vadio bêbado te parou e te disse o que ele disse e eu parti para cima e lhe dei uma porrada, fiz isso por você e não por mim; e foi como um vento que varria da rua um monte de porcariadas e lixo.

E quando eu te abracei e você se agarrou comigo e chorou, eu soube que você era feita para mim ainda que eu nunca tivesse te visto antes e que eu não era mais o garotão violento que o velho Ryan, o tira, diz que eu era; e quando você me beijou foi como um dia de manhã quando a nossa gangue vinha batida voltando pra cidade numa lata-velha e os tiras deram em cima e nos puseram pra fora e a gente foi indo a pé e eu vi o dia rompendo além da água quando estava meio que azul e escuro ao mesmo tempo e os barcos estavam paradões dentro d'água e havia árvores pretas em volta e o céu era meio que amarelo e dourado e azul. E veio um vento sobre a água, fazendo uns barulhinhos gaiatos de chupada. Era como quando você está num quarto escuro um troço assim e de repente alguém acende a luz e é isso aí. Quando eu vi teu cabelo louro e esse cinza dos teus olhos foi assim também. Foi como se um vento soprando me limpasse por dentro e havia por aí uns passarinhos cantando. E então eu soube que comigo estava tudo legal.

Oh, Johnny!

Baby!

O MARINHEIRO

Ah, ter os meus pés pisando em calçamento de novo, e não num convés parado em calmaria — parado como uma pedra que vem do fundo do mar a se esticar para cima, com o próprio piche escorrendo das costuras e cabos e velas qual peso morto ao meio-dia sem um sopro de vento. Ou a arfada e vaivém ao largo do implacável Horn! A aparelhagem, gelada e dura, e bolhas de frio, que nem furúnculos, nas mãos de todos os homens. Aqui porém é um mundo estacionário: ele não joga e geme e estala, ele não!, nem, embornais submersos, se precipita na ventania ululante.

Ah, meninos, só loucos vão para o mar — a não ser que seja para trocar de mulher de vez em quando. Um homem certamente não pode se sentir satisfeito com um tipo só para sempre. Tem a sua espanhola de quadris largos entre os bandolins da taverna enfumaçada, suas louras mulheres norueguesas, suas anglo-saxãs frias e pálidas. Penso numa que encontrei sob as muralhas do Iêmen; e era ruiva; e numa no mar da China: esfaqueou três homens. E onde há um homem de fazer seu porto final, com todas essas dentre as quais escolher?

É bom estar em terra firme, com vinhos e mulheres e brigas; mas logo as brigas acabam e o vinho é bebido e as bocas das mulheres não têm aquele gosto com o qual o homem contava, e ele então vai ansiar outra vez pelo balanço e o som do mar, e por seu cheiro de sal.

O SAPATEIRO

Minha vida é uma casa: e as paredes da casa são o cheiro de couro. Três lados são escuros, mas do outro lado vem uma luz fraca pelas vidraças embaçadas e sujas. Por trás dessas vidraças o mundo surge em tumulto, e passa. Eu já fui parte do mundo, fui outrora uma parte do rio impetuoso da humanidade; mas agora estou velho, o torvelinho me arrastou para um remanso sossegado em terra estrangeira, e o rio me deixou para trás. Esse rio do qual outrora fui parte. Não me lembro muito bem, porque estou velho; já esqueci muita coisa.

Alegria e tristeza — que significam? Alguma vez terei sabido? Mas alegria e tristeza são as aves que rodopiam aos gritos por cima da impetuosa torrente: não se incomodam com os remansos. Sei o que é paz ao bater um prego com acerto, ao colar habilidosamente uma sola, e na minha mulher. Minha mulher? Esta roseira de flores cor de ouro é que é a minha mulher. Olhe só como seus galhos já velhos foram ficando retorcidos e nodosos com o tempo, como nodosa e retorcida e velha é esta mão. Todos os anos porém ela me dá o encanto das rosas, se bem que seja como eu tão entrada em anos.

Ah, a Toscana! e os rebanhos com sinos nos morros ensolarados mesmo depois de o próprio vale estar de há muito na sombra! e os dias de festa e danças no prado, e ela com seu lenço escarlate, seu nebuloso cabelo em desalinho e os seios doces e ariscos sob a latada dos fios! Havia um compromisso entre nós, sabe?

Juntos, ela e eu e esta roseira éramos jovens então, ela e eu, que estávamos comprometidos, e uma roseira lançada na poeira, sob a estrela da tarde. Mas agora esta roseira está num vaso e está velha, eu estou velho e emparedado pelo cheiro de couro, e ela... e ela... Conheci alegrias e tristezas, mas agora eu nem me lembro. Estou velho: já esqueci muita coisa.

O ESTIVADOR

"Ela não queria fazer o que eu pedi para ela, por isso eu lhe dei um soco no queixo..." Olhe lá, meu Deus: lá vai um barril ro-o-o-lando! Branco diz, negro faz. Carreguem este vapor, embarquem tudo; ó vapor, abre tuas asas brancas e voa! Raios de sol cortam a sombra do muro, deslizam sobre mim, riscam meu macacão e as mãos pretas com umas listras douradas, como roupa de preso. Pecadores nas grades, pecadores no céu, por trás dessas tais riscas de ouro! Eu tenho asas, você tem asas, todos que são filhos de Deus têm a-a-asas... Mas, ai meu Deus, a luz no rio, e o sol; e a noite, a noite negra, neste coração. Oh, a noite negra, e no meio das estrelas os tambores abafados batendo. As estrelas são frias, meu Deus, e as árvores tão grandes velejando como navios pelos rios das trevas, pondo para sempre de lado, em vão, estrelas velhas. Só a terra é quente, aquecida pelos mortos que nela estão enterrados. Porém os mortos sentem frio, ó meu Deus, na quentura e no escuro. Bendito coche, que vem de longe para me levar para casa; bendito! me lave, me deixe mais branco do que a ne-e-eve!

Hora de largar, apitos entoando e gemendo como na hora do culto os pecadores da primeira fila. Ai meu Deus, o sangue cantando, o sangue quente, cantando para o fogo alastrado nas veias das meninas, cantando para inflamar brasas extintas! O branco me dá roupa e sapatos, o que porém não faz o calçamento ter amor por meus pés. Estas cidades não são as minhas cidades, mas esta escuridão é a minha, com todas as antigas paixões e sofrimentos e medos que o meu povo nela insuflou. Que este sangue cante: fui eu que o fiz?

Eu tenho asas, você tem asas; todos os filhos de Deus têm a-a-s-a-s-s!

O TIRA

Quando eu era novo, zanzando por aí que nem um cachorrinho ou um potro, fazendo tudo que me parecesse mais grandioso do que reis ou até policiais podiam fazer (tudo que alguém sempre pensava que eu não devia fazer) e querendo ser visto morto em conseqüência por metade da vizinhança, não havia senão uma pessoa no mundo com a qual eu trocaria de papel. Tinha uns caras que pretendiam ser piratas, outros que preferiam ir para o Oeste e lá garbosamente matar índios, mandando zombeteiros zunidos de rajadas sobre mortais menos aventurosos. Mas eu queria era ser guarda; sacudindo um cassetete displicente, de uniforme azul e com um escudo prateado no peito, eu andaria pelas ruas a medir a batida dos meus passos.

Alguma coisa se compara a essa grandeza? Ser o ídolo e o terror da molecada, ser visto com respeito até mesmo por pessoas adultas; ser a personificação da bravura e o desespero dos criminosos; ter um revólver de verdade no bolso! Mais tarde, nos meus anos de adolescência, essa figura glamorosa ainda desfilava com pompa e me enchia a cabeça. Eu podia me ver, enorme e calmo, conversando negligentemente com garotas que babavam por mim, ganhando tortas, cafezinhos e bolos em cozinhas bem-arrumadas, percorrendo ruas solitárias à noite diante das casas escuras onde multidões se remexiam no sono e suspiravam sonhando em segurança, pois lá estava eu para protegê-las.

Ou cruzando com o assassino e abatendo-o a tiros na escuridão com chuvisco e gravemente ferido me recuperando aos cuidados de uma bela enfermeira, com quem eu me casaria.

Mas agora esse moleque cresceu. Às vezes eu penso que ele continua escondido nalguma parte de mim, reprovando-me porque o homem não foi capaz de dar ao garoto aquele grande desejo que a vida lhe prometera. Porém ele dorme bem; não costuma me incomodar muito e... que é que você queria? a vida não é assim. Às vezes, andando pelas ruas escuras e vazias, ele acorda e eu sou rapidamente perturbado pela fútil barganha que um homem faz quando troca um corpinho e um coração espaçoso por um corpo avantajado que nem sequer coração tem; mas isso não dura muito. Por certo o homem nem sempre consegue exatamente o que ele quer neste mundo, e quem pode dizer que uma mulher e uma casa e um lugar no mundo não sejam, afinal de contas, o fim de todos os desejos de um homem? De qualquer jeito, prefiro acreditar que esta criatura que enfrenta o mundo bravamente num uniforme azul e um escudo prateado, afinal de contas, é um bom camarada.

O MENDIGO

Quando eu era criança eu acreditava apaixonadamente que a vida era mais do que só comer e dormir, mais do que limitar a vida de um homem a um minúsculo ponto da superfície terrestre e marcar a passagem de suas horas douradas pelas batidas de um sino. O pouco que uma formiga consegue ver do mundo já é bom para ela; e eu, com sua visão magnificada uma centena de vezes... o que não seriam para a formiga estes meus olhos! Multiplique pois o limite de minha capacidade visual pelo tamanho da Terra... e eis então você.

Ah, ter coração e olhos e sentidos montados num pangaré tão triste! Bem que o cavaleiro prosseguiria a caminho, mas seu animal é velho e já não se agüenta de pé; outros guerreiros em garanhões mais novos e tesudos desmontam-no e passam por cima dele, que agora tem de choramingar e rosnar, com outros cujas montarias fracassam, sobre crostas mastigadas por fora dos portões implacáveis, na estrada que é só poeira.

O ARTISTA

Um sonho e um fogo que eu não consigo controlar, me botando para fora dessas trilhas confortáveis e planas de solidez e sono que a natureza decretou para o homem. Um fogo que eu herdei sem querer e que tenho de alimentar com juventude e conversa e o próprio recipiente que o traz: a serpente que devora sua própria espécie, sabendo que eu nunca poderei dar ao mundo o que em mim está clamando para ser libertado.

Pois onde está esta carne, que mão agarra este sangue para modelar o sonho dentro de mim em som ou mármore, em papel ou tela, e viver? Eu também sou apenas um monte informe de terra umedecida que se ergue da dor para rir e batalhar e chorar, não conhecendo paz alguma até que toda a umidade lhe tenha sido extraída e uma vez mais ele seja do eterno pó original.

Porém criar! Qual dentre vós, não tendo em si este fogo, pode conhecer esta alegria, por mais fugaz que ela seja?

MADALENA

Deus, a luz nos meus olhos, a luz do sol jorrando pela janela, batendo em minha pobre cabeça como o piano de ontem à noite. Por que não fechei essas malditas venezianas?

Posso me lembrar de quando eu achava dias de ouro, mas o ouro do dia agora dói na cabeça. Só a noite é de ouro agora, mesmo assim nem sempre. Os homens já não são como eram, ou o dinheiro não é, ou sei lá o quê. Ou talvez sou eu que não sou mais como fui. Deus sabe que eu procuro tratá-los como eles mesmos queriam. Trato-os como a um branco qualquer, e mais brancos do que alguns... nunca dizendo nomes. Sou uma garota americana, e eles sabem disso, com este sorriso americano que eu tenho.

Era um sangue selvagem que eu trazia nas veias; quando eu era nova o sangue cantava como trombetas estrepitosas me atravessando. Via mulheres que tinham as belas coisas que eu queria... vestidos e sapatos e anéis de ouro, sem nunca erguer um dedo para tê-las. E luzes e música ardente e o brilho de todas as quimeras da mente! E ah! meu corpo que nem música, meu corpo como chama clamando por vestidos de seda que um milhão de vermes morreu para fazer e que meu corpo para usar morreu cem vezes. Sim, mil vermes fizeram esta seda e morreram, eu morri cem mortes para usá-la; e algum dia mil vermes, se alimentando deste corpo que me traiu, hão de viver.

Houve amor alguma vez? Já me esqueci. Alguma vez houve sofrimento? Sim, há muito tempo. Ah, há um tempão.

O TURISTA
— NOVA ORLEANS

Uma cortesã, nem velha porém nem mais tão nova, que evita a luz do sol para que a ilusão de sua glória passada se preserve. Os espelhos de sua casa são baços e as molduras estão bem desbotadas; toda sua casa é fosca e bela com o tempo. Graciosamente ela se reclina numa espreguiçadeira opaca de brocado, há um cheiro de incenso que a rodeia, e suas vestimentas se dispõem em dobras formais. Ela vive na atmosfera de um tempo morto e mais atraente.

A pouca gente ela recebe, e é através de um eterno lusco-fusco que eles vêm visitá-la. Ela mesma não fala muito, no entanto parece dominar a conversa, que é em voz baixa mas nunca insípida, artificial mas não brilhante. E os que não estão entre os eleitos devem ficar para sempre fora de seus portais.

Nova Orleans... uma cortesã cujo poder sobre os maduros é forte e a cujo charme os jovens têm de se mostrar sensíveis. Todos que a deixam, em busca dos cabelos nem castanhos nem dourados da virgem e de seu peito descorado e gélido onde jamais algum amante morreu, vêm-lhe de volta assim que ela sorri pelo seu leque lânguido...

Nova Orleans.

Espelhos da Chartres Street

8 de fevereiro de 1925

SUA VOZ TINHA A ROUQUIDÃO DAS cordas vocais de há muito ressecadas pelo álcool, e ele era aleijado. Notei-o pela primeira vez quando ele se jogou em meu caminho com a agilidade de um símio e me pediu dinheiro para comprar pão. Sua cabeleira grisalha e o olhar feroz e amolecido como o de um fauno, os músculos de seu pescoço movendo-se com uma harmonia de atleta às pressões na muleta me fizeram parar; sua segurança prolixa — "Hoje você é jovem, e conta com as duas pernas. Mas algum dia ainda pode precisar de um tasco de pão e uma xícara de café, umas simples goladas de café para esquentar você por dentro; e aí talvez pare um homem, assim como eu estou te parando, e pode ser que seja um filho meu, eu que em meus tempos, meu amigo, bom filho fui." Eu me orgulhava nessa época de minha aparência; nem de longe tinha jeito de ser um mendigo em perspectiva, usando ternos de *tweed* que eram comprados na Strand; mas quem sabe o que a vida pode fazer da gente? Em todo caso, com um bafo assim tão carinhoso na cara, neste país e nessa época, bem que era bom soltar uns cobres.

Quinze minutos depois o vi de novo, habilmente se lançando para o interior de um cinema onde passava um desses filmes de milhões de dólares com duques e adultério e champanhe e mulheres aos montes metidas em mosquiteiros e à luz de abajures. Ele, de fato, tinha um espírito desimpedido: tinha o mesmo celestial atributo para achar a vida boa que capacitou os judeus a produzirem um Jesus de Nazaré menino com uma estrela em cada olho, mamando no seio de Sua mãe, e um conto de fadas que conquistou toda a Terra ocidental; e que a um mundo monótono deu o rei Artur e que mandou o barão e o cavaleiro e fedelhos que tinham mais que uma coroa aberta a desfraldarem seus estandartes na Síria, à procura de um sonho.

Mais tarde, de uma sacada gradeada — impérvio Mendelssohn em ferro —, vi-o pela última vez. A lua tinha se arrastado para o alto do céu como uma aranha gorda e os planos de luz e sombra seriam desesperantes para as escolas vorticistas. (Até mesmo os que entalharam aquelas criaturas estranhas que estão de mãos espalmadas no templo de Ramsés devem ter sonhado com Nova Orleans ao luar).

Em torno da simbólica impassibilidade de um guarda ele pulava e rodopiava na muleta como em torno de uma pedra um besouro-d'água. Sua voz se erguia e baixava e a ponta da muleta, arqueando-se à luz da rua, descreveu sobre a calçada um retângulo, dentro do qual ele ficou imóvel depois de um só movimento, como um passarinho que pousa. "Aqui é o meu quarto," proclamou rouco, "como é que você vai conseguir me prender, hein? Cadê o mandado que te autoriza a entrar no meu quarto, parceiro?"

"Já mandei buscar a ordem," disse-lhe o guarda. "Mas de qualquer jeito eu vou te pegar. Você não vai agüentar a noite toda aí; daqui a pouco já terá de sair para tomar uns goles."

"Tenho bebida aqui comigo, parceiro, e você bem que sabe."

"Ah, é? Onde é que está?"

"Tá a jeito," respondeu o outro com esperteza, "e sem mandado você não pode pegar."

O policial se debruçou sobre ele, agarrando-o pelos andrajos.

"Tire essas mãos de mim," ele gritou. Milagrosamente plantou-se em sua única perna e a muleta girou como uma pá de hélice ao redor de sua cabeça. "Me prender no meu quarto! Me levar! Onde é que estão as leis e a justiça? Pois então eu não sou membro da maior república do mundo? Todo trabalhador não tem casa própria, e a minha não é aqui? Dê o fora, seu republicano maldito. Esse cara, só porque tem um emprego do governo, acha que pode fazer o que bem quer," ele informou aos curiosos com sua astúcia rouquenta.

"Vejam só, meus senhores. Sou cidadão americano, por nascimento, e a vida inteira eu fui um bom cidadão. Quando a América precisa de homens, quem é o primeiro a dizer que está às ordens da América? Eu, até que o trem me cortou fora uma perna. E por acaso eu fiz alguma coisa com o trem pra que ele me cortasse essa perna? Por acaso fui ao presidente da companhia e disse 'Sabe o senhor que minha perna foram vocês que arrancaram?' Não, senhores. Eu disse que fui um bom cidadão americano a vida toda — a vida toda eu dei duro. Fui sempre um trabalhador, e todo trabalhador não tem seu quarto, e este aqui não é o meu? Pois então lhes pergunto, de pessoa a pessoa, pode um republicano maldito invadir o quarto de um trabalhador e prendê-lo?" De novo ele se virou para o guarda: "Vem, seu grandalhão covarde, vem me prender. Eu estou desarmado; não posso te dar um tiro, nem se eu quisesse. Vem me prender, vem! Vem logo, se você se atreve. Nenhum republicano pode entrar no meu quarto sem mandado."

Rua abaixo, bimbalhando por entre as asas douradas e tremelicantes das lâmpadas dos postes, finalmente chegou o camburão. Quando encostou no meio-fio, lepidamente ele pulou para perto. "Sim, senhor," resmungou quando o ajudavam a entrar: "Sou um cidadão americano, sou um trabalhador, mas se um amigo manda um carro me apanhar, por que não?, eu vou. Sim, senhor, nunca na vida eu me neguei a um amigo, mesmo ele sendo rico, e eu mesmo não sendo nada, só um cidadão americano que se respeita." Já meio dentro, virou-se para recapitular: "Sou trabalhador, sou proprietário na cidade, porém tenho amigos ricos. Fui amigo do Sam Gompers; ele não cruzaria os braços para deixar que um republicano maldito me prendesse, mas o Sam, coitado, já morreu. Está morto e enterrado, meus chapas, mas ele era meu amigo, amigo de todos os trabalhadores."

"Vamos logo, vamos logo," interrompeu o guarda. "Tudo bem, Ed."

Abruptamente ele foi empurrado e o camburão saiu chacoalhando. "Té mais, chefia," ele gritou para trás, pneus chupando o calçamento molhado e esquina afora; a chacoalhar para longe de confusão e visão lá se foi ele, enquanto rouca sua voz ainda vinha por entre as sombras e a luz intermitente.

"Té mais, chefia."

O guarda se virou, suas costas comodamente largas apareceram na luz, passaram à escuridão e das trevas à claridade de novo; por fim seus passos pesados desapareceram distantes.

Pensar-se-ia então em César a subir em seu carro, por entre rosas jogadas e a gritaria da plebe, e atravessando a Via Appia, enquanto mendigos para ver se arrastavam e os centuriões brandiam seus escudos à luz dos estandartes dourados que tremulavam na aurora.

Damon & Pítias[4] *Ilimitada*

15 de fevereiro de 1925

---

[4] Na lenda romana, dois pitagóricos de Siracusa, célebres pela fiel amizade que os unia. Tema usado pelo inglês Richard Edwards (?1523-66) em sua única peça conservada, *Damon and Pithias*. NT

O CABILDO[5], UM DOM ATARRACADO que usa chapéu mesmo em presença do rei, não por causa de sua *integer vitae*, e sim porque alguns não podem, abrumava-se em derrisão sinistra de uma velha piada; portais adentro, perguntava-se o natural do Iowa, a princípio em voz alta, por que razão um prédio tão antigo e tão feio podia ter algum valor; e depois, se era valioso, por que o deixaram ficar assim caquético. "Aposto que a cidade não o pinta há uns vinte anos. Por que não demolem tudo, aliás, e levantam um edifício moderno? Em Winterset[6], há muito tempo teriam feito isso. Esse povo aqui do Sul não tem mesmo o mesmo pique da gente."

Refleti sobre a mutabilidade da espécie humana — como a atrofia da imaginação parece suceder, não aos luxos e vícios de uma época, como os batistas nos ensinam, mas

---

[5] Prédio de Nova Orleans que foi sede do governo e hoje é um museu de arte. NT
[6] Cidade do Iowa, perto de Des Moines, a capital do estado. NT

sim a eficiências e conveniências como a comida automática e as banheiras per capita, que deveriam trazer-nos a idade do ouro. Quase se chega a acreditar que àquele velho roceiro, que disse que não iria diluir seu vigor lavando-se da cabeça aos pés todo dia, foi concedida a verdadeira luz.

Um homem roliço, e muito sujo, de certo modo vai se envolver aqui. Antes de eu dar por ele, pareço ter respondido inteligentemente a uma ou duas de suas observações. Seus olhos moles, derretidos, castanhos — como os de um cachorrinho peludo — banharam-me de um brilho quente e úmido, seu rosto largo de semita luziu e até o próprio chapéu, antes cinzento e enfiado dissolutamente na nuca, mostrou-se com esse mesmo revestimento oleoso. Além de sua ilusão de óleo de oliva, havia nele porém alguma coisa que me intrigou por um tempo. Afinal entendi: ele exalava um cheiro vago — não de cavalos, exatamente, mas de cocheiras, cavalariços de corridas e dormidas em mantas de cavalos.

"É de fora?" Eu disse a ele que sim, e seu olhar sobre mim se tornou mais quente. "Lugar legal Niu Orlins, né não?" Concordei com isso também, e seu olhar se tornou mesmérico à medida que errada e fluentemente ele pronunciava nomes franceses; encontrado seu caminho para subir a Canal Street, foi então que a coisa veio. Não, eu não ia às corridas. O modo como ele me encarava transmudou-se num espanto afetuoso, de proteção.

"Nunca viu uma corrida? Ora essa, meu amigo, visitar Niu Orlins e não ir às corridas é que nem não ir comer no café do Antony (Antoine?). Mas você deu sorte, sabe, deu muita sorte. Eu estava justamente indo às corridas agora, e terei prazer em sua companhia. Conheço Niu Orlins como um livro; entendo tanto de cavalos na pista quanto qualquer camarada que você conhecer. Ficarei feliz da vida recebendo alguém de fora, mas fico ainda mais feliz tendo você comigo. Sempre fui um homem fino, a vida toda, e eu logo sei quando um cara é fino. Eu me chamo Morowitz," concluiu ele, me pegando pelo braço e me tirando a mão do bolso para calorosamente apertá-la em sua palma úmida.

"Sim senhor, é o seu dia de sorte, tudo azul. Pena eu não estar aqui com o meu carro. Emprestei-o a um grande amigo hoje cedo, mas ele vai se encontrar com a gente no jóquei, e será um prazer te levar para rodar por aí e depois das corridas te mostrar a cidade. Vamos, a gente pega um táxi. Quero passar no meu hotel — você está no Saint Charles? Não? Depois então vamos em frente."

Interessei-me em ver se ele realmente poderia estar no Saint Charles, mesmo numa democracia, mas me prometi mentalmente que não iria apertar minha mão de novo. Passou um táxi que ele chamou a braço e voz. O motorista reduziu, olhou para nós dois e gritou de volta:

"Qualé?"

"Sem erro, cara," foi a vez do meu novo conhecido gritar. "Pode encostar aqui; meu amigo e eu queremos ir pro nosso hotel."

O motorista examinou cada um, pesou-nos bem, depois dirigiu-se a mim:

"Tá com ele?" Eu lhe disse que estava, pelo que se via, e ele avançou para o meio-fio. Meu companheiro pulou na porta, agarrando a maçaneta enquanto o motorista tentava abri-la por dentro. Por um momento os dois a disputaram como inofensivo brinquedo.

"Vamos, cara, vamos. Que qu'é isso? Eu vou dar queixa de você."

"Solta a porra da maçaneta, seu —— —— ——."

Finalmente a porta se abriu.

"Leve a gente até o Saint Charles, tá? Meu amigo e eu tamos com pressa."

"Ué, então entrem. Não posso levar nem você nem seu amigo a lugar nenhum, antes de vocês entrarem no táxi."

Sentamo-nos, mas o motorista continuou nos olhando. "Então pra onde? Querem só ficar rodando, ou vamos pra delegacia?"

"Pro Saint Charles, eu já disse. É lá que eu sempre fico quando estou na cidade."

"Ih, sem essa, você não pode estar no Saint Charles."

"Olhe só, meu chapa; vou mandar te prender; vou chamar um guarda."

"Você não se atreveria a chamar um guarda, como não se atreveria a entrar no Saint Charles." E ele olhou para mim. "O senhor quer ir para o Saint Charles?"

Parecíamos ter caído num horrível vácuo de inatividade, sem ter saída. "Você está mesmo hospedado no Saint Charles?", perguntei ao cara.

"Bem, praticamente, sabe? Eu tenho um amigo que trabalha nas Termas Alhambra, que é bem ao lado do Saint Charles, e assim não é negócio eu me hospedar num hotel, pois meu amigo insiste para eu ficar com ele, percebe?"

O motorista olhou-o intimidantemente. "Ah, você mora nas Termas Alhambra? Então já faz uma semana que não põe os pés em casa, não é?"

"O quê? Escute aqui, meu camarada ——"

O motorista se dirigiu a mim de novo. "Aceite um conselho, meu senhor, ponha esse infeliz para fora e siga então seu caminho." Eu mesmo já estava quase chegando a essa conclusão, mas resolvi agüentar um pouco mais. Pedi-lhe que nos levasse ao hipódromo, e lá fomos nós. Descobri então como o chapéu do meu companheiro tinha adquirido aquele peculiar revestimento oleoso. Ele o tirava e usava para enxugar o rosto, voltando a soltar a língua:

"Que coisa, né?, que vexames a gente tem de passar para aturar esses motoristas de táxis. Pois eu lhe digo, meu senhor, que a vida toda eu fui um homem fino e não estou acostumado a depender desses caras. Mas acontece que hoje eu emprestei meu carro a um amigo. Amanhã porém vou te apanhar no seu hotel. Vou pôr um carro o dia todo à sua disposição, tá bem? Como eu sou fino, gosto de andar com gente fina. Sim senhor, amanhã um amigo meu não vai ser insultado novamente por um ——" ele apontou com a cabeça as costas do motorista e, baixando a voz, se tornou obsceno. Revoltado, interrompi-o; e proibi-o de voltar a falar até chegarmos ao jóquei.

Saltou a toda, assim que o carro parou, metendo os dedos pelo colete adentro. "Tem troco pra vinte?" A ponta de uma nota de vinte lhe aparecia entre os dedos.

O motorista arrancou raivoso o recibo do taxímetro:

"Tá pensando que eu sou quem — o Carnegie?[7]"

"Deixa que eu pago," interrompi. "Você pode trocar a sua nota na entrada."

"Não, não," ele disse às pressas, "ainda tenho uns trocados — tome aí, meu chapa. E vê se aprende a se comportar direitinho, quando levar gente de bem."

A resposta do motorista se perdeu no rugir do próprio motor. "Pegue duas," prosseguiu para mim, "que eu te pago lá dentro."

Comprei duas entradas e passamos pela roleta. Tinha acabado de acabar um páreo e, no pandemônio de um contra todos, fomos abrindo caminho aos empurrões até chegarmos diante das tribunas. Lá se ia a pista lisamente

---

[7]Andrew Carnegie (1837-1919), industrial e filantropo americano, nascido na Escócia, que fundou em Washington, em 1902, a Carnegie Institution. NT

ao longe, precipitando-se em círculo: depois de um estirão e outra curva, vinha desembocar no trecho final — um oval gracioso revestido de uma grama tão verde que parecia até venenosa; como se animal ou humano, dando-lhe acaso uma bocada, pudesse cair travado. As sedas joviais dos jóqueis cintilavam pelo padoque e nuvens fofas miúdas disputavam, acima das cabeças, uma corrida celestial com desvantagem.

"—— como disse antes, sei que um homem é fino assim que o vejo, e me orgulho de ser seu conhecido. Sim senhor; quando eu gosto de um homem, sou amigo e cuido dele: não o deixo em apuros. Aliás, esse jóquei do qual estou te falando, ele é meu primo, sabe? Tá por dentro de tudo, de todos os páreos que são corridos aqui. Ele é sério, e aliás nem poderia me enganar — não caio nunca, porque eu jogo há um tempão. Já corri o mundo todo jogando: até em Paris e na Inglaterra eu fui; e boto a mão no fogo por ele, por esse joqueizinho, como se fosse meu irmão, percebe? Nem mesmo sem eu aqui, cuidando de você como estou, ele te passaria pra trás — você tem cancha, eu logo vi. Quando você topar com ele, preste atenção, você vai ver, vai achar que a cara dele é a mais inteligente que já viu. Só que a sorte do garoto, agora, não está nada boa. Ele engordou um pouco e ainda pegou uma tosse, que não é grave mas chateia, não deixa ele perder o excesso de peso. Por isso não está correndo agora."

"Tem um amigo no hospital, um jóquei, colega dele: sem dinheiro, sem nada. Quando ele me falou desse garoto, coitado, espichado lá numa cama, cortado o dia todo por médicos, juro que eu quase até chorei; sem dinheiro, sem nada. Confesso, meu amigo, que eu tenho um bom coração; quando eu gosto de alguém, gosto mesmo, me entende? Por isso é que eu te pergunto, que tal se a gente der cinco dólares, de cada aposta que ganharmos, para esse pobre garoto hospitalizado? Vai ser sopa, tudo vai ser barbada pra gente com os palpites desse meu primo. Eu e o senhor não precisamos da grana; pra nós é só pelo esporte, não é? Mas é como eu sempre digo, se além do esporte ainda vier algum, ué, então melhor. Ah, olha ele ali! — ei, jóquei!"

Rapaz franzino em terno extremo, ele se aproximou. Tinha no rosto um oval acetinado, puxando mais para moça, e seus olhos eram dóceis e francos e cinzentos, malgrado sua sofisticação. Uma olhada em seus ombros planos e parcos e no peito mirrado bastava porém para saber que não era uma simples tosse o que ele tinha, pobre menino. Havia em seus olhos uma antevisão de morte certa. Meu companheiro, sem um traço de humor, apresentou seu primo, Mr. McNamara. Simpatizei de imediato com ele, e logo nos pusemos de acordo quanto aos cinco dólares.

Quatro de seus palpites revelaram-se em sucessão *pro forma* — apenas palpites. Ambos no entanto garantiram o último — se o cavalo ficasse em pé, ele simplesmente não poderia perder. A essa altura notei que eu era o único a realmente arriscar algum dinheiro. Todos dois se apressaram a me mostrar no papel suas apostas.

"Mas você ainda tem a sua nota de vinte dólares," lembrei ao meu primeiro padrinho. "Já que diz que este páreo está no papo, por que não pôr tudo agora e ir à forra?" Não, não! Não daria não. Até a quina de seu chapéu se tornou falante. "Deixe eu ver a sua nota," eu disse. Ele hesitou e tentou desconversar.

"Deixe eu ver a sua nota," repeti.

Relutantemente ele a exibiu, um certificado de vinte dólares de prata emitido pelos Estados Confederados da América em 1862, que eu lhe devolvi.

Correu-se então o último páreo, e o nosso cavalo, com certeza, ganhou folgadamente, rendendo-me uns dois ou três dólares, após subtração dos prometidos cinco.

Todos dois se ofereceram para entregá-los; o rapaz, com insistente polidez; o outro, verborrágico ainda, pedia, obstinava-se, caprichava na lábia, me alisando, se esfregando em meus braços, tentando tirar-me a nota da mão. Já estávamos começando a chamar atenção.

"Veja bem, meu amigo, fui um homem fino a vida toda. O senhor acha que eu iria tapear alguém da mesma classe que eu? Olhe, você não está me entendendo. Olhe, me dê esse dinheiro, que eu vou —"

"Te arranca! Te arranca daqui, seu vagabundo! Não dê bola pra ele, meu senhor. Se ele meter a mão nessa nota, ninguém nunca vai ver nem um centavo."

O outro ergueu as mãos para o céu. "Vai ouvir esse cara? Insultando um homem de bem e o meu amigo bem diante dos meus olhos? Quanto o senhor acha que ele vai dar desse dinheiro algum dia? Olhe, não tem ninguém pior do que este aí em Niu Orlins."

"Cala a boca," o rapaz gritou, me segurando pelo braço. "Cala a boca! Ele não te conhece!"

"Não me conhece? E quem foi que trouxe ele aqui, hein? Foi você, foi? Olhe, ouça amigo —"

"Não lhe dê atenção, meu senhor. Reconheço que eu não ia dar esse dinheiro a ninguém; não vou tentar ficar lhe enrolando mais. Se o senhor não me acredita, então guarde os cinco dólares e venha me encontrar amanhã em qualquer lugar que quiser. Vou lhe mostrar que eu sou direito. Guarde o dinheiro que eu lhe encontro amanhã e lhe trato bem e dou as dicas."

O outro gritou no auge da angústia: "Deus é testemunha, ele vai te roubar pra se vingar de mim. É só dizer, meu amigo, é só dar uma ordem que eu chamo um guarda pra levar esse pilantra."

"Chamar um guarda? Ah, você não se atreveria! Ouça, amigo —"

"Ouve, amigo! Não se meta com esse cara. O senhor nem o conhece, não é? Ouve só: me dê o número do seu hotel, que eu passo por lá de carro amanhã e a gente faz um arraso. Eu já estou com quatrocentos de vantagem hoje, dá pra ganhar um dinheirão amanhã, me entende?"

"Quatrocentos de vantagem? Pegar o senhor de carro? Peraí, amigo, ele disse que tipo de carro é o dele? Bem, há dois anos atrás ainda era um Ford; agora eu já não sei o que ele diz que será. E ele não pode ir pegar ninguém de carro, porque o treco está no prego, por dois dólares e meio. Será que é para isso que ele quer esses cinco?"

O outro, aos berros, se jogou sobre ele. Engalfinharam-se. Foram quase parar no chão, de tanto que se embolaram. "Tu ia era me roubar", dizia o outro esganiçado, "não queria me dar nada!" O rapaz o mandou longe: "O teu carro, ó, eu vou pegar pra você. Mas você, se continuar insistindo, vai acabar levando um soco na cara," e de novo me pegou pelo braço.

"Meu senhor," sussurrou-me às carreiras, "não estou a fim do seu dinheiro, quero é a sua amizade, compreende? Me encontre no Saint Charles amanhã, ao meio-dia, com quinhentos dólares, que nós vamos ganhar uma bolada, na certa. Não perca mais seu tempo com esse vadio. Guarde os cinco que amanhã, às doze em ponto, eu lhe encontro."

O outro, já meio sufocado, se enfiou entre nós: "Olha, cara, dá um tempo, deixa eu falar em particular com o meu amigo, sim?"

O rapaz me apertou a mão, deu-me um olhar significativo e desgrudou. O outro me alisava, todo cheio de afeto, tentando me agarrar pelo ombro. Mas eu ganhei e forcei-o a segredar sua mensagem a pelo menos dois palmos de distância: "Ouve bem, meu senhor; somos amigos, não é? Fui um homem fino a vida toda; estou acostumado a lidar com gente fina; eu e o senhor não vamos ser tapeados por um vagabundo qualquer, não é? (Enquanto isso o vagabundo me mandava piscadelas vibrantes de cumplicidade por cima da cabeça distraída e redonda do meu atual confidente.) "O senhor não lhe deu nada, não foi? Não? Pois então ouve: amanhã eu te pego no meu carro, a gente vem e faz um arraso completo. Que hotel é o seu?"

"Encontre-me no Saint Charles ao meio-dia em ponto," eu disse. Ele enfim me largou e eu me afastei, deixando-os a olhar ferozmente um para o outro pelo salão vazio.

Terra Natal

22 de fevereiro de 1925

NA BEIRA DA CALÇADA HAVIA um homem sentado. Em suas mãos, um serrote de carpinteiro e um arco de violino. Ele empunhava o serrote como um violino e do arco se erguia um som, um zunido ressoante, meio corda e meio sopro, que a própria atmosfera, que o próprio silêncio pareciam achar estranho e difícil de digerir: brincando com isso quando o arco parava — uma cadenciosa toada provençal executada numa escala tonal virgem e, de certo modo, ambiguamente marcial.

Jean-Baptiste se encostava imóvel numa escura passagem, sentindo a escuridão que fluía rua abaixo além dele, olhando os topos quietos dos telhados que cortavam o céu, vendo as estrelas como rosas jogadas que se detivessem em cima de um caixão aberto. Pensava nas voltas obscuras que o destino dos homens dá. Bem que ele poderia rever sua decisão, pois ainda havia tempo; mas justamente esse fato era parte de sua inquietude. Acabar com aquilo! Ser carne ou peixe, ao invés de não ser nem um nem outro, de ter decidido em definitivo ser um e então sendo forçado a esperar e pensar. É pensando, de fato, que os jovens vão para debaixo da terra.

Se ao menos ele pudesse esquecer que sua decisão ainda podia ser alterada! Como as coisas então seriam simples... Decidir, agir; e, de uma vez por todas, pôr-se à margem de tudo. Mas, tal como estava, ele agora era capaz de notar como o calor do momento, seus atuais desesperos, o havia iludido. Porém não era tarde demais! Ainda havia tempo.

Ele por certo faltara com a palavra. O que iriam pensar dele Pete e o General e Tony, o Carcamano? O que diria a ele mesmo essa coisa em seu íntimo que não sabia o que era fome ou sono ou hora? Sim, tinha dado sua palavra, isso não se podia contornar. E ele odiava a ligeireza de seus dedos, seu conhecimento de explosivos, pois acreditava que, se houvesse sido um imigrante comum, levando uma vida morna de artesão honesto e prosaico, ele teria escapado a essa tentação e à necessidade de tomar tal decisão.

Mas tudo remontava a mais tempo. Ele pensava em sua infância no Sul; num casebre de palha perto de uma mata por onde na primavera ele zanzava, nas brisas de maio nas castanheiras. Lembrar disso nesta América impossível e de bom coração era como lembrar de uma cantiga: seu prato de sopa, à espera no lusco-fusco, o chamava; lá, à luz fraca de uma vela, ele comia e ia dormir a noite toda em seu catre, enquanto o dia de sol se refrescava no vigor de seu sangue.

Pensava em sua adolescência alegre e rústica e em sua mãe, camponesa astuta que seus anos jovens tinham levado ao desespero, dizendo: "Como é terrível essa guerra! e como ela transformou esse Jean-Baptiste num homem!"

Um homem, de fato! Pensava em seu pelotão começando a chapinhar pela estrada de Bethune[8], com uma rosa no cano do fuzil e um cigarrinho na orelha. Era tão novo na guerra que ainda esperava alguma coisa grandiosa e bela: música de alvoroçar o coração, bandeiras desfraldadas ao vento; por dois dias ele abotoara cuidadosamente as abas de seu casaco, para livrá-lo da lama. Chegara até a acreditar que a chuva ia passar amanhã. Mas amanhã ele também já acreditava que todas as tropas em combate tinham sido lançadas no purgatório por algum inominado pecado, para lá aguardar até que um vago Ser decidisse o que fazer com elas — mandá-las ou não para o inferno.

Passou um guarda, que parou para espiá-lo e depois foi adiante. Jean-Baptiste tremeu, apertando seu blusão ainda mais no pescoço. Quantos outros policiais iriam vê-lo e seguir adiante? Quantas horas, minutos, segundos, antes de uma passada pesada ou o brilho de um escudo forçarem-no a fugir às carreiras para se esconder? Por

---
[8] Cidade da França, sede de distrito no departamento de Pas-de-Calais. NT

quanto tempo ainda ele estaria solto para andar pela terra e beber o sol — estaria livre? Talvez amanhã já se agarrasse em grades de aço como um macaco na jaula, suspirando por liberdade.

Não é medo, ele gritou para sua alma. Se eu soubesse o que era medo eu não teria ido roubar frutas no pomar do visconde, quando criança; não teria conseguido fazer o que eu fiz lá em Souchez[9].

Mas o que significa isso? Minha esperteza já não me salvou antes?

Sim, diz a prudência. Mas quem pode romper a corrente das circunstâncias e forjar um elo de astúcia que ninguém irá perceber? Quem transgride as leis e permanece ileso? O que é meu é meu o que é teu é teu, e azar a quem agir de outro modo. Pense também no Pete e nesse Tony: há quanto tempo você os conhecia? Dez dias. Pode-se dizer o que um homem que se conhece há apenas dez dias é capaz de fazer em dada circunstância? Você mesmo pode dizer o que em dada situação faria?

Mas eu, o que ganhei sendo honesto? Trabalho, trabalho duro, num país estranho à minha natureza. Dizem-nos que a América é a Terra do Ouro. E o que foi que obtive? Cama e comida.

O que você quer?

---
[9]Aldeia da França, no Pas-de-Calais. NT

Quero ter uma parte dessa beleza, que não passará da Terra, do companheirismo, talvez do amor — quem sabe?

É, quem sabe? Quem é que sabe o que quer, mesmo quando o obtém? Mas você espera consegui-lo assaltando bancos?

Por que não? O dinheiro é tudo.

Certo, o dinheiro é tudo. Mas só o dinheiro que você mesmo ganhou. Você pode pegar um dinheiro que não é seu e com ele comprar contentamento? Pode obter o seu sustento e vigor da comida comida por outro alguém?

Ah, mas o dinheiro é diferente. A comida foi comida, mas o dinheiro não foi gasto.

Bem, você agora reduziu o problema a uma equação pessoal. Você conseguiria comer toda a comida que pudesse obter neste momento?

Não.

Já ficou sem comida alguma vez?

Sim, por quatro dias.

Mas voltou a comer?

É óbvio.

Não vê então que Aquele que lhe deu comida, quando ela era indispensável, irá cuidar também das suas demais necessidades? Quem é você, para assumir o comando de uma nau cujo destino você não pode saber?

Mas esse é um raciocínio vicioso. Sua crença é consoladora, para que se morra com ela, porém não estou interessado na morte: é viver que eu quero; e a vida é mais do que cama e comida. Nada assim se resolve.

Soaram passos na rua escura e vazia, e Jean-Baptiste despertou de seu problema. Enfim, pensou, seu problema se resolveria por si, quando Pete e o General viessem buscá-lo. Mas ainda havia tempo para bater em retirada! Não, ele se disse, eu dei a minha palavra: vou mantê-la até o fim. O perigo era mínimo, eles tinham lhe dito. Ele falava pouco inglês e era conhecido como um trabalhador sossegado, respeitador das leis. Eles porém não podiam compreender que o perigo não o levaria à desistência, nem que o desejo de ganho o impeliria à ação. Foi a solidão que fez tudo: o desespero instantâneo de seu ardente temperamento mediterrâneo num país estrangeiro e indiferente.

Não era porém o Pete. Era um homem que passava levando — imaginem só — um serrote. Ele parou na esquina e Jean-Baptiste o maldisse: sua decisão estava irrevogavelmente tomada. Seus cinco anos de trabalho em meio a estranhos costumes não lhe tinham rendido nada. Qualquer coisa seria melhor do que continuar do modo como ele estava vivendo, qualquer coisa! Fosse o que fosse, a riqueza ou as grades. Olhou de novo rua abaixo, à espera de Pete e o General e Tony; suas mãos se mostravam tão engenhosas e capazes como organismos à parte; a alegria que ele havia sentido, lidando com explosivos potentes numa fábrica de munições, depois de gravemente ferido e declarado incapaz para a ação na linha de frente, voltou-lhe setuplicada. A sinistra e velha alegria de compor a substância volátil, a bênção de um padre da igreja que tinha ido benzer toda a produção de um dia — "Que estas bombas, Senhor, dispersem os inimigos da França como palha no vento" — vieram-lhe à lembrança. Pegar o destino como um monte de barro, com o qual modelar um homem novo! Napoleão tinha feito isso — Napoleão, um sonhador arguto de cabeça redonda, em cujas veias corria o mesmo fogo, o mesmo sol mediterrâneo que também havia nas suas.

Subitamente a rua vazia se encheu de um som, um zunido ressoante, meio corda e meio sopro — uma cadenciosa toada provençal um pouco e incongruentemente marcial. Jean-Baptiste se deteve, atingido, e a seu redor surgiu a terra que ele chamava de sua; as colinas verdes, os vales, o salgueiro e altas castanheiras nos capinzais onde o gado pastava em paz ou afundava na água até o joelho; amor juvenil e rouxinóis pelas castanheiras depois de o sol já ter sumido e estrelas íntimas boiarem num céu aveludado. Viu o casebre no qual tinha nascido, e comido e dormido, nítido ao sol; viu a luz bruxuleante da vela, fraca num crepúsculo dourado e por baixo de uma estrela solitária como uma rosa amarela. Viu tudo isso e entendeu que ele tinha perseguido um fantasma numa terra longínqua; que o destino o levara pelos mares afora para ele poder ver com clareza o que sua juventude imprudente lhe havia antes toldado, e que nem três anos na lama do Artois e da Champagne o fizeram ver.

A toada esquisita, porém familiar, se alteava e baixava e Jean-Baptiste saiu furtivamente de seu esconderijo para descer a rua apressado. O músico estava sentado na beira da calçada, tocando com o arco seu estranho instrumento, e Jean-Baptiste assim passou por ele, em sua pressa, sem incomodá-lo. No fim da rua o céu rumorejava em aurora, um novo dia.

Ciúme

1º de março de 1925

"Tricotando de novo, é?"

Sua mulher ergueu o rosto oval e liso e os olhos dela se encontraram por um momento com os dele, logo voltando a baixar sobre o trabalho. "Como você vê, caro mio."

"Tricotando, sempre tricotando! É porque não há nada o que fazer aqui que você passa o tempo todo tricotando?"

Ela suspirou, mas não deu resposta.

"E então?", ele insistiu, "você não diz nada? Perdeu a língua?", concluiu grosseiramente.

"Mas foi você, Tonio mio," ela respondeu sem levantar a cabeça, "que insistiu para eu ficar aqui e não no meu quartinho vermelho, como eu queria."

"Bah! É preciso alguém aqui; você queria que eu pagasse um salário a alguém para você poder passar o dia inteiro sentada que nem madame, tricotando e fofocando?"

Um garçom, um deus romano moço e alto, de avental sujo, entrepôs-se a eles dois para colocar no balcão uma conta e uma nota. A mulher fez o troco e lançou ao garçom uma olhada rápida. Este olhou o marido bem no rosto, com uma insistência que fazia brilhar seu sorriso branco e satírico, e se retirou. A mão do outro se contraiu no balcão, cerrada em punho, e ele olhou para os nós embranquecidos dos dedos como para uma coisa nova e estranha, praguejando em sussurro. Sua mulher ergueu a cabeça e o encarou friamente.

"Não seja bobo, Antonio."

Com esforço ele controlou a voz. "Por quanto tempo isso ainda vai continuar?"

"Ah, é o que eu te pergunto: por quanto tempo ainda você vai destilar seu mau humor sobre mim?"

"Você, com essa cara de santa," murmurou ele furioso, com súbita raiva e uma aflição que ardiam nos seus olhos miúdos e agitados.

Ela olhou rapidamente ao redor. "Calma," disse, "tem gente olhando. Que é que você quer? Que eu fique lá no meu quarto?"

O rosto dele estava horrível. "Não," exclamou por fim. Baixou a voz sufocada e prosseguiu: "Não vou tolerar isso, está me ouvindo?" Baixou ainda mais a voz: "Ouve bem. Pelo amor de Deus. Eu te mato."

Mais uma vez ela retomou seu tricô. "Não seja bobo," repetiu. "Volte ao trabalho — olhe, tem fregueses chegando. Você está doido."

"Doido ou não, não me faça ir muito longe."

"Doido sim: você fala, você grita, você xinga — que é?"
"Você sabe muito bem o que é."
"Eu? Que causa, que razão já te dei pra ficar assim? Do que é que você me acusa? Não tenho sido uma boa esposa? Não tenho feito o tempo todo as suas vontades? Você sabe muito bem que não é por desejo meu, não é porque eu esteja querendo, que fico sentada aqui noite após noite. Esse ciúme seu está te deixando louco."
"Bah! Te preveni. Isso é tudo que eu digo."

Seu olhar vagueou de mesa em mesa à medida que, emburrado no avental lambuzado, ele se escondia entre os vasos de palmeirinhas anêmicas ou servia seus desconhecidos fregueses com uma insolência servil, respondendo em rabugentos monossílabos às saudações dos freqüentadores assíduos. Já o garçom bonito e alto movia-se rápida e jeitosamente, eficiente e gentil. O marido comparou a desenvolta elegância do rapaz à sua própria figura obesa, e um fogo o queimou por dentro. Mais uma vez o garçom se aproximou do balcão e seu olhar, varrendo a sala, pousou de leve no rosto do marido quando ele se inclinou para a esposa, com intimidade.

O marido surpreendeu-se a andar num rubro atordoamento para onde os dois se encontravam. Era incapaz de ouvir seus próprios passos ou de sentir o chão a seus pés. À sua aproximação, o garçom se afastou e a mulher voltou a estar curvada sobre o tricô que fazia. Sobre o balcão havia um paliteiro chinês de porcelana, em torno do qual seus dedos se fecharam assim que ali ele se debruçou. A coisa se despedaçou na mão que tanto a apertava, em meio a um jorro de lascas de madeira, e bruscamente um filete ralo e vermelho desceu por entre seus dedos e pelas costas da mão.

"Que foi que ele te disse?" perguntou; ele mesmo achou sua voz leve e seca, como uma casca de ovo quebrada.

A mulher, erguendo a cabeça, encarou-o a fundo. Seus olhos se tornaram de repente maiores, como se fossem lhe ocupar toda a face. "Escute," ela disse calmamente, "você está louco. E o que é que queria? Não foi você quem me pôs aqui? Não fui eu que pedi!" Sua voz se esquentava. "Será que eu nunca vou ter paz? Já faz seis meses que isso dura; dia e noite você briga comigo e me atormenta; mas agora tem de acabar. Ou bem você volta ao seu juízo perfeito, ou eu vou embora pra casa dos meus pais. Veja logo o que prefere: a escolha é sua. Mas lembre-se que eu estou pondo um ponto final. Tenho sido uma boa esposa, e ainda serei, se você voltar a ser como era. Mais uma cena como a desta noite, porém, e eu te largo."

Ele se virou e se afastou como um bêbado, ou um sonâmbulo. Passou pelo garçom, cujo sorriso branco e inexpressivo o trouxe de volta a si. Tendo feito para o outro um sinal abrupto, foi em frente para atravessar a cozinha e um corredor escuro que desembocava num beco, onde esperou tremendo. O garçom o seguiu; naquele canto apertado e sombrio, o outro se agigantava sobre ele, tão à vontade ali de pé como um espadachim, agigantando-se apesar de ele ser o mais corpulento. Acima estava a luz das estrelas, e pelo sórdido beco corria um vento bem leve.

"Olhe," disse em voz trêmula, "já sei de tudo; o que é que há entre vocês?"

"Está desconfiando de mim?" replicou o rapaz.

"Quero saber: o que é que há entre vocês?"

"Não há nada entre nós, a não ser a certeza de que você está doido."

"Não minta pra mim!"

"Mentir? Você então não me acredita, e ainda me vem com essa?" O corpo do rapaz se aprumou como uma espada em suspenso: parecia que seu fogo clareava as paredes. A contragosto, o marido se intimidou diante dele, amaldiçoando-se por sua covardia.

"Mas eu tenho de saber! Vou ficar louco!"

"Louco você já está. Eu já teria te matado antes disso, se esse não fosse o caso. Ouve, seu monte de merda, não há nada entre nós: por consideração a quem você persegue, juro que não. Eu nunca disse nada a ela, nem ela a mim, sem que você visse. Se alguém a atrai, não sou eu. Digo-lhe isso porque tenho pena dela, pena de todas as mulheres que todo dia têm de ser atormentadas por tipos como você."

"Mas o que foi que você disse a ela hoje à noite, ainda há pouco?"

O rapaz lhe deu dois tapas, fazendo a cabeça dele bambolear sobre os ombros. O outro cambaleou para trás. "Eu te mato!" gritou.

"Você não ousa!" retrucou o garçom. "Não ousa, a não ser pelas costas. E o que os outros diriam, se ousasse mesmo? Você agüentaria ser chamado de covarde pela sua mulher? Mas, como eu não confio nada em você, vou ficar prevenido. Se fizer a tentativa, não erre, cara, ou então que Deus te proteja! Seu filho de uma cadela!"

Sozinho de novo, o marido se encostou na parede fria do beco, ofegando, maldizendo-se em seu ódio, sua fúria, seu medo. Era verdade: ele não ousava. E olhou o céu estrelado, que se abria como seda esticada sobre o poço emparedado do beco, vendo as mesmas estrelas que ele havia fitado na distante Sicília, em sua mocidade, quando sua vida de criança era clara e bela e simples, e que outros jovens ainda iriam fitar maravilhados, muito depois que ele e seu sonho e seu problema já estivessem bem debaixo da terra.

Ele não ousava! A idéia de assassinato lhe ocorrera, mas ele bem que sabia que não seria capaz de se encarar depois; sua esposa, a mulher que fora a causa de tudo, que ele tirara da casa do pai ainda recentemente e que lhe era mais querida que o mundo, que a própria vida, jamais o perdoaria. Quase na meia-idade, ele era gordo e feio, ao passo que ela era bonita e ainda jovem. Seria de estranhar que os homens fossem atraídos por ela, como ele mesmo tinha sido? Seria de estranhar que homens parassem diante de seu rosto oval e fusco, sua boca vermelha e seu cabelo preto, lustroso de tão preto que era? E ela — alguma vez encorajara algum deles? Não! Tinha sido uma boa esposa, como aliás ela dizia.

Mudar seria a solução — levá-la para uma outra cidade; entre gente nova eles ainda poderiam viver uma segunda lua-de-mel. Sim, faria isso. Novamente ele ergueu o rosto para as estrelas flutuantes e apáticas, por entre as quais seu problema se misturava e enredava; deixando que o ar fresco da noite lhe penetrasse pela cabeleira suada, suspirou fundo. Ali estava a solução.

A esposa concordou quase de imediato. Discutiram a questão com os pais dela, sobrepondo-se às objeções que eram feitas. De quando em quando ela os mantinha informados do agravamento da doença dele, e a decisão assim não os surpreendeu. A seus olhos, o genro era trabalhador e, até ser dominado pela atual obsessão, boa pessoa — um bom marido; bom demais para perder.

Uma vez tomada a decisão, ele voltou à normalidade. As coisas já se arranjavam tão bem, de fato, que ele admitiria até mesmo reconsiderá-la, mas sua esposa se manteve firme. Um comprador para o restaurante foi assim encontrado na pessoa do garçom alto e jovem. As relações entre os dois homens ainda continuavam tensas e o mais velho evitava o outro. Mas o jovem agia, sempre que eles eram forçados a encontrar-se, como se nada tivesse acontecido. Seu sorriso branco e sinistro era o mesmo de antes, porém o brilho dos dentes em sua face morena tinha de certo modo o poder de irritar o outro, revolvendo de novo nele os temores e ódios que julgara extintos. O garçom no entanto se mostrava mais agradável e gentil que nunca; insistia em oferecer à signora um presente de despedida, com uma insistência tão polida que lhes foi impossível recusar. E assim um dia, pela hora do almoço, finalmente os dois homens combinaram de procurar o presente.

Um colar de contas de vidro, ou um medalhão, era o que o jovem queria. E eles entraram numa loja de antiguidades onde se vendiam tais coisas — uma caótica barafunda de quadros, jarras, jóias, quinquilharias, armas de fogo e objetos de bronze. Enquanto o garçom examinava, regateando, o que pretendia comprar, o outro vagava ociosamente ao redor. O comprador se pusera perto de uma vitrine, com um colar de contas que pendia de sua mão levantada, distraído e indefeso. E ao mais velho ocorreu que, pela primeira vez em que os dois se achavam juntos na mesma sala, seu inimigo estava totalmente à sua mercê. Enquanto sua mão remexia, por trás dele, num monte de armas antigas, sua prudência o repreendeu pela idéia. Tudo estava resolvido: amanhã ele ia embora, nunca voltaria talvez a rever o jovem. Mas seria tão fácil! — foi a resposta. Basta fazer de conta que esta velha pistola que se encaixa tão bem na palma da minha mão é uma moderna arma mortífera — assim: e lentamente ele ergueu a pistola enferrujada, enquanto seu polegar destravava o cão e a mola, adormecida há trinta anos, se contraía. Assim!, sussurrou ele, mirando no homem inconsciente que antes tinha querido matar; e apertou o gatilho.

Espocou na salinha um barulhão e a lança de uma flama vermelha se arremeteu como espada. O garçom tombou com estardalhaço sobre uma mesa de vidros, de onde rolou para o chão; e o outro se manteve de pé, gritando com a pistola disparada na mão, até que pela porta da loja irrompesse um guarda.

Pô!

5 de abril de 1925

Pô!

Quando ele me levou pr'eu ver os pangarés qu'ele tinha eu disse a ele: "Qualé, é uma fábrica de cola — que tu tá querendo montá?" Pois foi. E ele: "Bem, num sei. Tô c'uma folha de pagamentos cheia de pivetes como você agora, mas nem mesmo juntando a cambada toda daria cola bastante pro que se gasta num dia com os selos mais vagabundos. Adubo de ossos, pode ser, mas cola não."

"Mas qu'é que tu qué," eu rebati, "uns Jack Dempsey[10] pra montá esses puxadô de carroça?"

"Não," ele disse, "tô querendo uns jóquei, mas de língua presa. Aí talvez dê pra ensiná para eles um pouco do meu negócio."

"Olha, meu chapa," eu então digo, "sobre corrida de cavalos, num tem ninguém pra dizê xongas pra mim."

"Nem sobre mais nada: eu já vi isso."

---

[10]Boxeador americano, campeão mundial de pesos-pesados, 1919-1926. **NT**

"Sabe," eu digo, olhando ele no olho, "vou te deixá sem graça, sabe?"

"Tá, tá certo; foi assim que eu te encontrei — sem graça e sem um puta também."

"Olha," eu devolvo, "tu acha que é muito esperto, num acha?"

"Tive de ser," ele diz, "se não eu já estaria no asilo há uns dez anos atrás, com as baia cheia de lulus e um bando de muleque sabido se comendo uns aos outros."

Pois é, o caso foi que a gente ficou assim de cunversa e o cara num tirô sarro ni mim — sô escolado, né! Já muntei em tudo que há de milhó puraí e nunca levei lama na cara pra estragá minha pele. Pode perguntá pra quem tá por dentro da coisa, fala do meu nome pra eles — eu chamo Potter. Jack Potter. E-é.

Mas aí eu achei que ficá um tempo com ele até que podia ser uma boa, e a gente assim treinô nos pangaré. Pô, que horror que eles eram! Tinha um que se salvava e ainda dava no couro, mas os outros eram tão porcaria que até um cavalo de carroça de gelo posto no meio do magote ia parecê de primeira. E eu então pedi pro patrão deixá pr'eu vê, eu e um cavalariço, o que é que se podia fazê com aquele um.

Pois é, ele disse tá bem, que nem nós ia pudê botá ele mais pió do que o cavalo já era, e falô um treco assim, que até mesmo uma criancinha levava ele na linha de chegada — tipo fazendo graça, entende? Ele viu que eu era um bambambã, foi logo vendo, só que num queria mostrá. Era o jeito dele, dando a entendê qu'eu era como o resto daqueles rato de esgoto ou que os tais dos pangaré que ele tinha iam dormir na largada ou largar na frente e cair. Pelo papo dele sobre nós jóquei eu vi tudo, se bem que aqui pra nós aquilo lá era um bando de infelizes.

Pois é, pra encurtá a estória, foi aí que eu encontrei essa mina, sabe? Uma noite fui no cinema sozinho e a princesinha e uma amiga tavam bem do meu lado. Pois é, tavam passando um filme de corrida. Pô, era demais! Tinha um cavalo com pinta de vencedor, com um jóquei legal ele podia até se dá bem. Mas o babaca que montava só fazia bestêra, sentando muito pra trás e deixando que a rédea puxasse ele pra frente, deixando outro alazão levá vantage e ganhá ele no tranco.

"Pô," eu falei, botei pra fora, "se um jóquei meu me fizesse um dia uma dessas, eu mandava era bala nele."

Pois é, e as duas graças sentadas do meu lado soltar'umas risadinha e eu vi a loura me olhando. "Pô," eu digo, "eu sinto é pena de vê um cavalo assim tão bonzão maltratado que nem tá sendo esse daí pelo capiau que tá lá."

Ela meio que riu de novo. Pô, ela era bem gostosinha e, quando ela me perguntou se eu trabalhava em corridas, me oricei todo, sabe, e soltei a língua. Ah, elas gostam disso! Pois é, tava tudo rolando muito bem, quando ela disse: "Xi! eu falando c'um estranho! Desculpe, amigo." E se fechô.

Mas eu aí me apresentei garantindo qu'eu num era um desses caras que só andam puraí a fim de pegá mulhé toda hora, e nisso então ela deu mole e apresentou a amiga e a tal d'amiga a apresentou e ficô tudo beleza.

Pois é, foi daí qu'eu convidei pr'uma soda quando acabou a sessão e marquei um encontro pra dali umas noites, ficando de levar um amigo. Chamei pr'essa parada o rato menos asqueroso dos que andavam comigo e assim nós fomos encontrá elas duas como tava combinado e saímos. Era a noite de antes da corrida engatilhada pra nós, pra testá o tal cavalo que a gente tinha treinado. Assim falamos pras dendecas que num podíamos ficá até tarde por causa de um apontamento na pista que tinha amanhã pra gente e elas disseram que passá a noite fora elas também não podiam. Eram garotas bem legais, sabe, mas certinhas. Bem, fomos a um lugar pra dançá e se divertir iuscambau, tava bom às pampa; e aí, quando o meu broto num tava nem olhando, eu arranquei uma liga dela — sa'cumé, né? — meio que pra dá sorte ou um treco assim.

Pois é, por causa disso ela aí fez o maior escarcéu, mas eu disse: "Peralá, baby, manéra. Tu qué qu'eles põe a gente na rua?"

"Mas cumé que minha meia vai segurá?" ela chiou.

"Enrola ela, menina, enrola ela," eu digo. "Num sô fumante, num sô bom de enrolá, senão eu fazia isso pra tu."

"Pro inferno que tu faria," ela diz, e nisso vem um grandalhão se metê, querendo sabê que confusão era aquela, dizendo que ali era um lugar de respeito e qu'ele num queria sabê de encrenca.

"Ei," eu digo, "cum quem cê pensa que tá falando?"

"Num tô falando cum ninguém," diz ele. "Conheço os da tua laia. Mais um berro por aqui e cês tão no olho da rua."

"Tu acha que tu é esperto, né?", eu digo, mas pra isso ele num teve resposta. Vai daí que ela foi até o banheiro, pra se dá uma ajeitada, e a gente então se mandô. Inda dei uma olhada no tal cara, podes crer, mas ele não me peitô."

Pois é, pra encurtá a estória, quando eu me vesti pra corrida, no dia seguinte, pus a porra da liga no meu braço, só de gozação, sacô? As mina vinham me ver muntando. Pois é, mas o patrão viu a liga no meu braço e aí disse: "Que qu'é isso, um anel de noivado?"

"Vai pro inferno," eu disse, e ele viu qu'eu falava sério e calou.

Tinha gente pra cacete, nesse dia, rodando pra todo canto e se esticando e berrando pelo favorito. Nosso cavalo no começo tava meio nervoso, e com a zoeira e a música num milhorava nada. Mas até que, comparado com as outras feras, ele nem parecia assim tão mal. Arrumei uma boa posição e, pelo que se via, tava tudo numa boa.

Nós largamo numa ótima, com a galera das tribuna aos berros, e o meu cavalo saiu em disparada do bando, como se estivesse dopado. Güentei ele um pouquinho até que o favorito — que era o mais pintoso do páreo — chegasse perto, pra depois emparelhá. Pros outros eu nem liguei.

Até o meio a gente foi pau a pau; nos três quartos o outro tomô a dianteira, mas por pouco. Nas tribuna, a gritaria era de matá, e o outro apelô pro chicote. Bem, eu deixei meu cavalo se soltá e, quando a gente chegô na reta final, já tava dando o que podia pra tirá tudo dele e, pra encurtá a estória, levantei meu chicote e botei o pangaré com meio-corpo de vantage.

Quem apostou em nós como azarão tava pulando que nem índio. Uns até invadiram a pista e foram empurrados pra trás na marra, mas a maioria corria pra pegá a grana, enquanto quem não jogô na gente só ficava de olho.

Depois da pesagem, dei de cara com o patrão, com uma orelha tampada pelo chapéu de banda e se sentindo no auge.

"E aí, será que tu tá satisfeito com meu jeito de muntá agora?" eu digo.

"Ah, tô" diz ele, "tu botô a língua de fora, mas mesmo assim chegô na frente, né?"

Já viu só! É de lascá, né não? E o pió foi qu'ele inda mandô costurá a liga na minha roupa. E me pediu pra falá com a tal da mina, que ele queria contratá ela, pr'ela fornecê ligas pra todos os jóqueis dele.

Pô!

Fora de Nazaré

12 de abril de 1925

Sob as formas imaculadas das lâmpadas lá fomos nós, entre antigos portões levemente esverdeados, e ali estava Jackson Park. Pardais pousavam na cabeça de Andrew Jackson[11], enquanto ele, infantilmente concebido, montava seu encaracolado cavalo num terrífico movimento interrupto. Por baixo de seu olhar distante havia gente boquiaberta e uma voz que dizia: "Maior obra de estatuária do mundo: feita inteiramente de bronze, pesando duas toneladas e meia e equilibrada sobre as patas traseiras." Pensando em como nossos grandes homens têm sofrido nas mãos dos governos municipais que eles tanto se empenharam para tornar possíveis, ponderando como eram verdes as árvores, e a grama, e os narcisos e jacintos que nem bailarinos eretos; bendizendo o gênio que concebeu esse parque sem tabuletas de proibição, onde vagabundos podiam deitar-se ao sol e crianças e cães se

---

[11] Sétimo presidente dos Estados Unidos; governou de 1829 a 1837. NT

divertir sem reprimenda na grama, observei para Spratling como ninguém desde Cézanne tinha de fato mergulhado seu pincel na luz. Spratling, cuja mão, ao contrário da minha (ai de mim!), se afeiçoou a um pincel, tornou-se então discursivo sobre os modos de transferir luz para as telas; mas eu, não lhe dando atenção, olhava para os rostos dos velhos pacientemente sentados pelos bancos de ferro enquanto andávamos a passos lentos — homens que haviam aprendido que a vida não só é destituída de alegria ou paixão, como também nem mesmo é particularmente dorida. Um, com um sobretudo muito gasto e um par de tênis bem novo, explicou-me as vantagens dos tênis e pediu fumo de cachimbo. Foi então, sob delirantes pardais numa mimosa e, ao fundo, uma vaga Diana em evasão tortuosa dos panejamentos de mármore, que nós o vimos.

Sem chapéu, seu rosto jovem cismava sobre a flecha da catedral, ou talvez fosse alguma coisa no céu que ele espiava. Havia uma pequena trouxa a seu lado; e, encostado em sua perna, um cajado. Spratling o viu primeiro. "Meu Deus," ele disse pegando em mim, "olhe só que rosto!"

Poder-se-ia imaginar o jovem Davi com aquela aparência. Poder-se-ia imaginar Jônatas recebendo aquele olhar de Davi e exercendo essa elevada função de que o homem pesaroso é capaz, sendo ambos belos em paz e simplicidade semelhantes — belos como deuses, como nenhuma mulher pode algum dia ser. E pensar em falar com ele, em entrar naquele sonho, era como um sacrilégio.

Seu olhar gris voltou à terra e despreocupadamente ele respondeu à nossa saudação. "Olá," disse. Sua voz, seu modo de falar era do Meio Oeste: fazia pensar em trigo sonolento sob céu azul e numa nuvem de poeira pelos campos; em extensos e tranqüilos campos onde as compulsões do trabalha e come e dorme preenchiam a vida humana. Mas bem que ele poderia ter vindo, e provavelmente tinha vindo, de qualquer parte. Era eterno, da própria terra.

"Vai pra longe?" perguntou meu amigo.

"Não sei: estou só olhando em volta."

Ele estava com fome, mas nada tinha de um mendigo. Lembrava uma mulher grávida em sua crença tranqüila de que a natureza, a terra que o produzira, cuidaria dele, de que servia a seus fins determinados, de que ele tinha servido a um fim prescrito e agora só precisava esperar. Pelo quê? Provavelmente jamais pensara nisso. Como sabem todas as crianças simples da Terra, ele sabia que até mesmo a pobreza se incumbiria de si.

Tinha trabalhado (sempre como braçal) e gostava disso — gostava de sentir na palma da mão um cabo gasto de enxada, de ancinho ou de picareta. "É como pegar nas mãos um sapato novo," explicou-nos, "e, quando o cansaço bate e os braços ficam doendo, a gente pelo menos tem algum dinheiro no bolso." Disse-nos que dormir num monte de palha, para ele, era melhor do que na cama, principalmente quando havia gado por perto, depois de escurecer, fazendo "barulho à noite," e se podia cheirar, por assim dizer, o chão e o leite.

Tudo isso se passou durante um almoço no Victor's. Ele comia muito à vontade, como um animal, e, embora não soubesse usar seu talher, nada havia de ofensivo a respeito — era exatamente o que deveria ter feito.

Não, ele disse a Spratling, não tinha visto muitos quadros. Mas gostava de alguns, quando havia pessoas como as que se vê todo dia neles, ou árvores. Sobretudo árvores. Ele achava que as árvores eram mais bonitas que as flores.

"Você então é escritor?" perguntou-me timidamente. "Escreve livros como este?" De dentro de seu blusão ordinário ele tirou um exemplar esbagaçado de *A Shropshire Lad*[12] e, ao passá-lo para mim, citou o poema que começa por "Um ar que mata me vem ao coração ——," dizendo-nos que meio que achava ser o melhor que tinha visto.

"Por que não vai para casa?" perguntei a ele.

"Algum dia eu vou. Mas não é por isso que gostei desse. Gostei porque era dessa maneira que o homem que escreveu sentia, sem se preocupar se alguém ia entender."

---

[12] Primeiro livro de poemas do inglês Alfred Edward Housman (1859-1939); publicado em 1896, foi popularíssimo, nas primeiras décadas do século XX, na Inglaterra e nos Estados Unidos.

"É assim tão incomum?" perguntei.

"Como?"

"Digo, sentir alguma coisa e depois a escrever exatamente como se sente?"

A essa altura Spratling perguntou-lhe se ele tinha lido Elizabeth Browning ou Robert Frost. Não — nem nunca ouvira falar deles. Parece que no Kentucky, em troca de um prato de comida que lhe tinham dado, ele serrara madeira; e que, quando já estava de partida, uma mulher lhe pediu para jogar fora alguns livros e revistas velhos, entre os quais ele achara seu *Shropshire Lad*.

De novo na rua tivemos aquele sentimento de iminência, de partida e de ruptura das cordas de contato.

"Mas você vai precisar de dinheiro," observei.

Spratling se interpôs: "Venha amanhã lá em casa às três. Posso te usar como modelo."

"Mas amanhã talvez eu não esteja aqui," ele objetou.

"Fique então com algum dinheiro," sugeriu Spratling.

"Agradeço, mas não," ele respondeu. "Eu consigo me ajeitar. Muito obrigado a todos dois pelo almoço."

"Não seja bobo," insistiu Spratling.

"Não, senhor, eu me ajeito."

A humanidade nunca é tão complexa quanto gostaríamos de acreditar que nós mesmos somos. E assim eu disse: "Vamos te dar um dólar, e amanhã você vem neste endereço."

"Mas, meu senhor, não estou pedindo: não preciso do seu dinheiro. De noite eu vou arranjar um trabalho."

"Não, não; pegue o dinheiro e venha nos procurar amanhã."

"Poxa, eu posso arranjar trabalho a qualquer hora."

"Não duvido," replicou Spratling, "mas eu quero que você venha em minha casa amanhã à tarde."

"Mas eu posso não estar aqui, meu senhor."

"Mas nem como um favor você vem?"

Seu olhar se estendeu pela Chartres Street. "Acho que sim. Mas eu queria era dar alguma coisa em troca desse dinheiro." E ele se virou para mim. "Aqui, tome, o senhor que é escritor. Dou-lhe isso e, se eu não for lá, fica valendo pelo dólar."

Aqui está o que ele me deu. A pontuação não é nada boa, e há erros de ortografia: há uma palavra que eu nunca decifrei. Mas fazer correções seria estragar tudo.

Uma estrada que se abre se estendendo à distância. Longas linhas de cercas margeando-a. Por trás dos campos, morros baixos ao longe. Não montanhas, mas elevações onduladas com uma névoa azul por cima.

Carros passam zunindo. Carros cheios de famílias que estão fazendo turismo. Carros com apenas um ocupante. Fords dilapedados nos quais pessoas da roça vão até a cidade. Carros cheios de gente de família que parte para visitar seus parentes em algum lugar por perto.

ESQUETES DE NOVA ORLEANS

Com uma trouxa nas costas (dois cobertores enrolados nas coisas mais necessárias) vou andando a pé. O cheiro de fogo das fazendas vem vindo pelo vento até mim. O ar puro enche meus pulmões e me dá uma animassão diferente de qualquer outra que eu conheça. O sol da manhã lança sombras compridas pelos campos. O orvalho da madrugada ainda brilha e o capim alto que cresce pela beira da estrada está cheio dele. Eu estou em paz com o mundo. Nada importa.

Comi num pequeno restaurante. Dormi bem na palha seca de milho, entre as fileiras de um milharal. Eu não preciso viajar. Eu não tenho destino. Eu estou em paz com o mundo.

Meus pensamentos me fazem companhia. Os dias que já passei sozinho deram-me o hábito de falar comigo mesmo em voz alta. Os galos cantam, cantam os passarinhos e um corvo lentamente abre caminho voando de um arvoredo distante para outro. Pareço estar em verdadeira comunhão com a natureza.

À medida que vai subindo o sol, o brilho forte do verão se reflete nas longas fileiras de milho amarelado. A estrada reluz e é uma faixa branca que não tem um fim definido no horizonte. Estou suando. Grandes gotas rolam pelo meu rosto e se enfiam pela gola aberta. O calor é bom. Deixa as pernas bem soltas e esquenta o chão para dormir de noite.

Quilômetros ficam para trás. De vez em quando um carro pára e me dão carona. Pedir não peço. Por que eu iria pedir carona, se está tudo tão bem ao meu redor? Quem quiser, pode me ajudar, quem não estiver a fim pode seguir seu caminho. Eu não tenho destino. Por que razão iria me apressar?

Meio-dia chega e faço um almoço frugal, tomo leite e sopa. Os morros que eu tinha de manhã pela frente agora estão me rodeando. A estrada não segue mais sempre reta, vai toda em curvas e mergulha entre eles. Árvores que pendem da beira dão uma sombra bem-vinda contra o sol escaldante. Parece que a natureza planeja minha proteção.

De tarde eu me refestelo à vontade no banco traseiro de um carro a toda (cujo dono me ofereceu carona). No mesmo banco tem um cachorro comigo e nós vamos conversando do melhor jeito possível. Esfrego as orelhas dele e ele vira a cabeça para o lado e abana o rabo. Paro um minuto para observar um morro que está mudando de forma e mansamente ele esfrega o focinho em mim para me chamar a atenção. Minha mão volta à cabeça dele e retomamos nossa camadragem.

O sol já está cada vez mais baixo e se esconde afinal atrás de um morro. Ainda há tempo de sobra para achar um lugar onde acampar. Chegamos a uma cidadezinha animada, bem no alto, e faço uma refeição mais forte. A comida tem o gosto que só é capaz de ter para um apetite aguçado por um dia que se passa em constante movimentação ao ar livre.

ESQUETES DE NOVA ORLEANS

Uma lenta caminhada pela rua principal da cidade e pelo bairro residencial me faz encontrar o camping. Vou olhando enquanto ando as pessoas que descançam nas varandas das casas, lendo, conversando e se comprazendo com a agradável idéia de mais um dia vivido. Mais adiante eu desemboco numa região de escadinhas. Trabalhadores descalços sentam-se aqui encostados nas paredes, com um pé apoiado no joelho, fumando e falando de esportes, de política e de compras. Ao passar por eles, pego palavras, frases, fragmentos.

De vez em quando um grupo sentado nos degraus de uma escada interrompe sua conversa para olhar para mim. Talvez uma voz pergunte: "Ei, rapaz, de onde vem?" e outra: "Vai pra onde?"

No camping eu arranjo um lugar tão afastado quanto possível das fileiras de barracas para estender meus cobertores. Lavo minhas meias, que o suor e a poeira da estrada deixaram empapadas e duras. Escovo os dentes e me lavo da melhor forma que posso.

Normalmente eu preferiria dormir longe de gente, num campo aberto ou protegido por algum arvoredo. Mas essa noite desejo a companhia da espécie, por isso ando pelo acampamento trocando histórias da estrada, experiências e balelas, com gordonas maternais que lavam pratos, trabalhadores itinerantes, negociantes em quebra de rotina ou um grupo de rapazes a fim de ir não sei onde. Talvez eu até ajude uma das mulheres na lavagem de pratos e receba em recompensa, na manhã seguinte, um café.

Quando escurece as fogueiras se destacam. As paredes brancas das barracas refletem luz de lado a lado, a música começa e um grupo de gente jovem improvisa um baile na varanda de um pequeno armazém que atende às necessidades de quem está acampado.

Para dançar ninguém precisa ser apresentado um ao outro. Somos todos irmãos e irmãs. Somos membros da fraternidade da estrada, uns por pouco tempo, outros para sempre.

As amizades se desenvolvem rapidamente. Por aqui há um doutor [*sic*] alemão, um homenzinho curioso e excêntrico com um chapéu meio de banda, jogando cartas com um jovem sueco das Dakotas que, é evidente, não vive neste país há muito tempo. O ator está indo para o Oeste tentar a sorte no cinema, o sueco circula para ver o interior. Quando acabar o dinheiro ele vende seu carro e vai então trabalhar.

Um magrão desengonçado do Arkansas, rosto chupado, está esplicando para um grupo silencioso do Oeste suas dificuldades no Noroeste. O filho mais novo dele, um garoto de nove anos, diz para um coleguinha: "A gente já rodou o país, fomo puraí tudo. Fomo até o Vancouver pela Califórnia. Agora tamos'ino pro Leste e vamo logo chegá lá se o meu Pai num tivé de pará e arrumá um trabalho de carpinteiro pra pagá nossa gasolina e a comida."

Transcrevi palavra por palavra esta narrativa, tal como o rapaz a escreveu. Não mexi na pontuação nem na ortografia. Algumas das palavras não querem dizer nada, por tudo que eu sei (e as palavras são meu alimento, meu pão e água), mas alterá-las seria destruir o próprio Davi. E assim dei isto como isto me foi dado: desajeitado e infantil e "artístico," porém com alguma coisa por trás, algum impulso que o levou a querer pôr tudo em papel. E quem sabe? É preciso dar-lhe tempo. A mim e Spratling, enrubescendo, ele confidenciou que tem dezessete anos.

Mas vê-lo em suas roupas surradas, com seu rosto puro e jovem e essa crença bonita de que a vida, o mundo, a raça, nalgum lugar é bela e boa e sadia é uma visão que faz bem.

Ele não prometeu nos procurar. "Pois é, escrevi isso daí e gostei. Claro que não é tão bom quanto eu gostaria que fosse. Mas é um prazer lhe oferecer o que fiz." Seu rosto jovem fitava um céu inefável, e o sol que batia nele era como uma bênção.

"Pois é," nos disse ainda, "eu sempre posso escrever outro."

O Reino de Deus

26 de abril de 1925

O CARRO DESCEU CORRENDO PELA Decatur Street e, virando no beco, parou. Saltaram dois homens, mas o outro continuou em seu lugar. O rosto do homem sentado era vago e apático e de beiço caído, seus olhos eram claros e azuis como centáureas azuis e totalmente vazios de pensamento; era uma massa informe e suja, vida sem mente, um organismo sem intelecto que ali se sentava. No rosto bronco e babão sobressaíam porém esses dois olhos de um azul de abalar o coração e havia, agarrado firmemente na mão, um narciso.

Os dois que saltaram se debruçaram para dentro do carro e meteram mãos ao trabalho. Quando se endireitaram, já na porta do carro se apoiava um saco de aniagem. Na parede mais próxima se abriu uma porta, um rosto apareceu rapidamente e sumiu.

"Vamos tirar logo esse troço," disse um dos homens. "Não estou com medo, mas ficar fazendo entrega com um maluco do lado não dá sorte."

"Tá certo," replicou o outro. "Acabar com isso logo, porque ainda temos de fazer mais duas."

"Você não vai levar ele com a gente não, né?" perguntou o primeiro, apontando com a cabeça a massa informe e distraída no carro.

"Claro que vou. Ele não vai atrapalhar. É uma espécie de mascote, te garanto."

"Pra mim não é mesmo. Já estou nesse negócio há um tempão e nunca fui apanhado, mas nunca foi por eu andar com um zureta como mascote."

"Já sei o que acha dele — você já disse muitas vezes. Mas, do jeito como foi, o que eu podia fazer? Ele não tinha flor nenhuma, tinha perdido nalgum lugar ontem de noite, e eu não podia deixar ele no Jake assim, querendo porque queria uma outra; depois que eu arrumei uma hoje, não ia largar o cara na rua, não é? Era bem capaz de ele ficar numa boa, até que eu fosse apanhá-lo, mas podia cair nas mãos de um tira."

"E —— que boa coisa," xingou o outro. "Não entendo você carregando ele quando tem tantas clínicas por aí para os da espécie dele."

"Olhe, ele é meu irmão, não é? E o que eu faço com ele é problema meu, entende? Não preciso de nenhum —— peludo pra me dizer."

"Peralá, sô! Eu não queria te tirar ele não. Tenho é uma superstição, de ficar perdendo tempo com eles, só isso."

"Pois bem, então não toque mais nesse assunto. Se você não quiser trabalhar comigo, é só dizer."

"Tá bom, tá bom, não precisa esquentar." E ele olhou para a porta ainda fechada. "Pô, qual será a desses caras hoje? Que inferno, não dá pra ficar esperando aqui desse jeito: é melhor se arrancar. Que qu'ocê acha?" Enquanto ele falava, a porta se abriu de novo e uma voz disse: "Tudo bem, rapazes."

O outro agarrou no braço dele, xingando. Na esquina, dois blocos adiante, surgiu um guarda, que parou um momento e começou a descer a rua em direção a eles. "—— lá vem o tira. Mete bronca logo. Vê se um dos caras lá de dentro te ajuda, que até você descarregar eu despisto e enrolo ele." O que falou se afastou às pressas e o outro, dando rápidas olhadas em volta, agarrou o saco apoiado e rapidamente o carregou para a porta. Voltou e se escorou na lateral do carro, tentando levantar outro saco. O guarda e seu companheiro, já tendo se encontrado, agora estavam conversando.

Correu suor pelo seu rosto enquanto ele pelejava para retirar lá do fundo o saco desajeitado. A coisa vinha, mas voltava a arriar, apesar de seu grande esforço, enquanto a pressão da carroceria contra a base de seu tórax já ameaçava sufocá-lo. Ele deu mais uma olhada no guarda. "Que sorte, que sorte fodida!" bufava pegando o saco de novo. Liberou uma das mãos e agarrou o idiota pelo ombro. "Ei, meu chapa," murmurou, "chega logo pra cá e vem me dar uma ajuda!" O outro gemeu ao ser tocado e o homem o retorceu pelo meio, ou quase, de modo que seus olhos pendulares vazios pairaram sobre o banco de trás. "Vamos, vamos, por Deus," repetia enfezado, "pegue aqui e levante, tá vendo?"

Os celestiais olhos azuis olhavam-no sem intenção alguma, gotas que pingavam da sua boca babosa caíam-lhe nas costas da mão. O idiota só levantou seu narciso, chegando-o para perto do rosto. "Ouve!" o homem já estava quase gritando, "tá a fim de ir em cana? Agarre aqui, por Deus!" Mas o idiota se limitava a fitá-lo, com solene distanciamento, e o homem se aprumou e lhe deu um terrível soco na cara. O narciso, espremido entre punho e face, se desfez em uma coisa molenga na mão da criatura. E ele gritou, um berro desarticulado e rouco que seu irmão, em pé ao lado do guarda, ouviu e se abalou para lá.

A raiva do outro homem passara e ele estava num desespero ausente e gélido quando a vingança o atingiu. O irmão pulou em cima dele, gritando e xingando, e os dois caíram no chão. O idiota uivava sem parar, enchendo a rua de um barulho horroroso.

"Você, seu ——, acertando meu irmão?" berrava o cara. O outro, após a surpresa do ataque, revidou como pôde, até que o guarda fosse se meter entre eles, com cacetadas e impropérios imparciais. "Que encrenca é essa?" perguntou com todos dois já de pé, descabelados, furiosos e ofegantes.

"Ele bateu no meu irmão, esse ——."

"Alguém deve ter feito alguma com ele," replicou o guarda. "Mas, por Deus, manda ele parar com essa berraria," gritou por sobre o som ensurdecedor. Outro guarda irrompeu pela aglomeração que ia havendo. "Tá levando o que aí? Vaca louca?" A voz do idiota se alteava e caía em ondas sonoras inacreditáveis, e o segundo guarda, andando até o carro, deu-lhe uma sacudida.

"Ei, ei!" começava quando o irmão, escapando das mãos do que o prendia, pulou sobre as costas dele. Foram os dois de encontro ao carro, e o primeiro guarda, soltando o outro preso, correu para ajudar seu colega. O outro homem permaneceu espantado, privado de força para fugir, enquanto os dois guardas se atracavam aos berros com o irmão, malhando o cara, chutando-o entre eles até deixá-lo esgotado. O segundo policial já estava com dois grandes arranhões na bochecha. "Uf!" bufou, enxugando o queixo com o lenço, "que gato-do-mato! Será que o zôo todo escapou hoje? Qual é o problema?" gritou por sobre a magnífica lamentação do idiota.

"Não sei ao certo," gritou de volta seu colega. "Ouvi o que está no carro berrando e, quando olhei em volta, dei com esses dois rolando na sarjeta. Esse aqui diz que o outro agrediu o irmão dele," concluiu com uns safanões em seu preso.

O homem levantou a cabeça. "Foi sim, ele bateu no meu irmão. Vou matar esse cara!" gritou em recorrente ataque de raiva, tentando lançar-se sobre o desafeto, que se encolhia por trás do outro policial. O guarda o conteve. "Calma aí, calma aí; quer apanhar para voltar ao juízo? Vamos com calma, e manda esse camarada do carro parar com a choradeira."

Pela primeira vez o homem olhou para seu irmão. "Foi a flor dele que quebrou, tá vendo?" explicou, "e é por isso que ele está chorando."

"Flor?" repetiu o agente da lei. "Peralá, que história é essa? Seu irmão está doente, ou morto, para ter de ter uma flor?"

"Morto não está," interrompeu o outro guarda, "e doente não me parece. Que qu'é isso, um circo? Que qu'stá havendo aqui?" Mais uma vez ele examinou o carro por dentro e achou o saco de aniagem. "Ah," disse, e se virou rapidamente. "Onde está o outro? Pega ele! É bebida que eles têm aqui." E pulou sobre o segundo homem, que nem tinha se mexido. "É, rapaziada, direto pra delegacia!" Como seu colega já estava novamente batalhando com o irmão, ele logo algemou seu preso no carro e correu para ajudar.

"Não vou fugir," gritava o irmão. "Só quero é ajeitar a flor dele. Me larga, eu garanto!"

"Se você ajeitar a flor, ele pára com a berraria?"

"Certo; é por isso que ele está chorando."

"Então, por Deus, ajeite logo esse treco."

O idiota continuava agarrado a seu narciso amassado, chorando a mais não poder; seu irmão, mesmo contido no pulso pelo guarda, olhou em volta e achou uma lasca de madeira. Um curioso forneceu barbante, por ele trazido de uma loja próxima; e, sob o olhar interessado dos dois policiais e dos passantes que ali se aglomeravam, o pedúnculo da flor foi encanado. A cabeça daquela avariada coisinha se aprumou novamente e o sofrimento altissonante se calou de imediato na alma do idiota. Seus olhos eram dois farrapos do céu de abril depois da chuva, sendo o rosto babão bem como a lua em seu êxtase.

"Agora andando, vamos," e os policiais dissolveram a roda de curiosos. "Por hoje o show acabou. Andando, vamos."

O grupo, ora em um, ora em dois, foi se distanciando. E o carro, com um guarda em cada pára-lama, afastou-se da calçada para descer a rua e sumir, os inefáveis olhos azuis do idiota sonhando acima do narciso que ele apertava com força na mão suja.

O Rosário

3 de maio de 1925

Mr. Harris detestava duas coisas: seu vizinho, Juan Venturia, e uma música intitulada *O Rosário*. Experimentava um violento prazer por nunca ter decidido qual detestava mais. Nos dias em que Venturia, fazendo suas faxinas, despejava entulho e latas — e uma vez um gato morto — na entrada da casa de Mr. Harris; ou quando uma das apreciadas galinhas de Mr. Harris adentrava o espaço de Venturia e conseqüentemente sofria abrupta e completa extinção, ele tinha consciência de que odiava Venturia com um furor desconhecido no mundo. Porém, quando forçado pela esposa ou as filhas a assistir a um desses saraus musicais onde estrangeiros de jubas desgrenhadas, incapazes de falar ou de tocar em inglês, arranhavam rabecas aflitivas, ele tinha consciência de que nada em parte alguma poderia ser pior do que *O Rosário* — ou, no que lhe dizia respeito, qualquer outra modinha.

Juan Venturia, por sua vez, nada sabia de *O Rosário*, assunto para o qual não dava bola. Não sendo casado, ele não tinha de assistir a concertos, o que contribuía para deixar Mr. Harris mais furioso ainda. Quanto a isso, a seu ver, a polícia deveria fazer alguma coisa. Venturia achava a vida boa: tinha seu dinheiro a ganhar, à noite ele encontrava os amigos em certo restaurante, ia e vinha como bem lhe agradava. Podia assim poupar todo seu ódio para Mr. Harris e as galinhas de Mr. Harris, para o gato e a casa dele, para tudo que lhe pertencia ou de que Mr. Harris gostava.

Era mesmo uma vida boa. Podia esperar por Mr. Harris e assobiar *O Rosário* enquanto o outro passava, ou responder a anúncios de revistas para que amostras de remédios contra o tabagismo e a sarna, artigos de toalete, utensílios de cozinha etc. fossem enviados a Mr. Harris contra posterior pagamento, e então sentar-se em seu canto e ouvir Mr. Harris enfurecer-se terrivelmente e em vão.

Um dia Mr. Harris não apareceu na hora habitual; e Venturia, impossibilitado de assobiar *O Rosário* à sua passagem, teve a impressão de que o inimigo o havia deliberadamente ofendido. Banhou-se porém em regozijo quando soube mais tarde que Mr. Harris estava doente. O dia todo, em sua loja, ficou sentado aos risinhos, explodindo de vez em quando em gargalhadas, para a consternação dos fregueses. No café, nessa noite, esteve alegre e engraçado, mantendo seus companheiros numa risadaria sem fim.

ESQUETES DE NOVA ORLEANS

Mais tarde, já deitado na cama, entre suspiros e risotas, um terrível pensamento o assaltou. Suponha-se que seu inimigo fosse morrer! Que ficasse além do alcance do seu ódio! Pensou em todas as possibilidades de realmente fazer alguma coisa ruim a Mr. Harris, e a alegria o abandonou. Só matar umas galinhas amarelas e infectas e jogar um pouco de lixo na entrada da casa dele — o que era isso, comparado ao que ele poderia ter feito? Nada, menos que nada. Eram coisas de criança, que até mesmo um garoto de dez anos imaginaria. Ele porém, Venturia, era um homem adulto: deveria ter pensado em algo que pusesse seu desafeto de cama e o fizesse querer morrer. Mas agora era tarde demais. Seu inimigo estava fora de alcance, não havia nada que ele pudesse fazer para prejudicá-lo. Espremendo o cérebro, ele se maldisse.

Deixar que seu inimigo escapasse assim! Se Mr. Harris morresse, ele, Venturia, se sentiria profundamente infeliz: seria obrigado a morrer também e seguir o outro ao purgatório para então finalizar a tarefa de que criminosamente se desleixara em vida. Se houvesse ao menos uma coisa, qualquer uma, que ele pudesse fazer antes de seu inimigo morrer e o frustrar para sempre! Remexendo-se todo, ele dormia apenas a intervalos e voltava a acordar para sofrer e lamentar as oportunidades perdidas. Em quantas coisas agora, agora que era tarde, era capaz de pensar! Bem que ainda poderia pôr fogo na casa de Mr. Harris, mas nisso havia o perigo de ser preso. Donde parte de seu ódio desesperador transferir-se para a polícia. O acaso, o governo, tudo estava contra ele ——

De repente ele acordou de um sonho fragmentário. Nubladamente estava a madrugada à janela. Uma carroça passou aos solavancos e um navio no rio deu um apito abafado. Venturia pulou da cama, refreando um grito de vitória. Finalmente ele tinha achado: tinha sonhado a coisa. Tão simples e, ao mesmo tempo, tão grandiosa! Levaria seu inimigo a desejar a morte; era colossal. Havia apenas um porém. "Por que, oh, por que eu não pensei nisso antes?" deplorava-se. "Eu poderia ter deixado ele louco, ter feito dele um idiota que choramingava e chiava, dando com a cabeça no chão!"

Esteve a ponto de sair de casa correndo para passar imediatamente à prática, mas o bom senso lhe voltou. E assim ele se enfiou de novo na cama e lá ficou arquitetando seu plano numa exultação impaciente e diabólica, até chegar de manhã. Tomou café às carreiras, deixou a loja trancada e, como um possesso, precipitou-se pela Royal Street. Parou diante de uma loja de penhores, por onde desapareceu a seguir. Minutos depois saiu de lá carregando embaixo do braço um objeto comprido e volumoso embrulhado em jornal. Na Royal Street, tomou a direção contrária à de sua loja, que nesse dia ficou fechada e trancada, e sumiu por uma semana de seus antros habituais.

ESQUETES DE NOVA ORLEANS

Mr. Harris jazia em casa nas garras de uma pneumonia. Nos intervalos de consciência, arranjava tempo para se perguntar o que Venturia andava fazendo, qual que ele aprontaria. Sabia que o outro não o deixaria sozinho para morrer em paz. Esperava tudo, algo violento em forma de barulho, qualquer coisa que a mente infantil de seu inimigo fosse capaz de conceber. Porém os dias passavam e nada acontecia e Mr. Harris, por causa disso, tornou-se muito irritável. Era como esperar uma explosão que por alguma razão era adiada, esperá-la a cada instante e depois retrair-se, até que a própria explosão se tornasse preferível.

"Que bom se ele resolvesse logo," pensava em sua irritação o doente. "Mas isso não dura," tranqüilizava-se. "Eu já estou pelas pontas, e aquela besta, graças a Deus, não poderá me atingir. Graças a Deus também não terei mais de ir a concertos. A morte, afinal de contas, não é assim tão ruim," cogitava Mr. Harris, como antes dele tantos outros.

E como ia o Venturia? Era o que se perguntavam, entre eles, aqueles companheiros que ele costumava encontrar e agora não mais o viam. Mas ninguém sabia dele. Pouco parava em sua loja e, quando estava lá sentado, olhando absortamente as paredes, mantinha as mãos retesadas, uma sobre a outra, à sua frente e na altura da cintura, enquanto seus dedos sujos se mexiam tensos também, como se numa linguagem de signos, intricada porém canhestra.

Os passantes fitavam com espanto, e os molequinhos com prazer, seu rosto enrugado e concentrado e as rígidas genuflexões de suas mãos. No lusco-fusco ele fechava a loja e lá se ia a levar seu volumoso embrulho, voltando pela meia-noite para dormir e exultar e sonhar com sua vingança.

Afinal chegou o dia. E agora que já estava na hora a excitação de Venturia se dissipou por completo. À espera do destino, ele estava calmo. Levantou-se, tomou café vagarosamente, barbeou-se e pôs seu terno de domingo e uma camisa branca. Depois, pegando o embrulho, dirigiu-se à entrada da casa, postando-se bem debaixo da janela onde sabia que o doente estava deitado.

Ergueu os olhos e fixou-os com volúpia na silenciosa parede da residência do inimigo. Tal olhar lhe dava a impressão de atravessar a parede, de ele estar no próprio quarto onde jazia o outro. Aí, lentamente, desembrulhou do jornal amarfanhado e sujo seu instrumento de vingança.

Mr. Harris, no entanto, não estava mais naquele quarto. Lá estavam sua mulher e as filhas, ao lado da cama onde Mr. Harris esperara em repouso pelo que Venturia poderia decidir-se a perpetrar ainda; mas Mr. Harris ele mesmo tinha ido para onde os Venturias deste mundo já não podiam incomodá-lo, lá onde galinhas trucidadas e até mesmo gatos mortos na entrada da casa não tinham a menor importância.

ESQUETES DE NOVA ORLEANS

De baixo da janela se elevou bruscamente o zurro lancinante e suculento de um saxofone soprado por um amador repulsivo. A música não parecia ser nada, parecia que eram duas músicas tocadas ao mesmo tempo: balia e miava e lacrimejava, preenchendo a manhã e expulsando em tumulto dos beirais dos telhados os pardais poeirentos.

Somente Venturia e Mr. Harris poderiam saber que era *O Rosário*.

O Sapateiro

10 de maio de 1925

Qu'é o sapato pra hoje, né? Si, si. É, sou da — falar na minha língua? Buono signor.

É, vim da Toscana, das montanhas, onde a planície no sol nu é cor de ouro e tijolo e os morros velhos ruminam azuladamente sobre vales verdes que sonham. Há quanto tempo? Ah, quem sabe? Tô muito velho: já esqueci muita coisa.

Quando era moço eu vivia muito no sol tomando conta de cabras. O pessoal da minha aldeia trabalhava nos vinhedos esparramados nas encostas bebendo sol; eu podia vê-los, cores vibrantes, ao seguir meu rebanho, e ouvia sua cantoria leve e agradável como o vôo descontínuo de passarinhos dourados. Ao meio-dia, comia meu pão com queijo e cochilava entre as pedras que o sol inchava até que o ar e o silêncio e o calor me mergulhassem numa modorra quente. E um bode velho, pai de todos, sempre me despertava ao poente com seu frio focinho.

Era moça ela também. Todo dia ou quase a gente se encontrava nos morros; eu com minhas cabras, ela escapando das tarefas mandadas para vadiar no sol brando. Bem que ela parecia uma cabritinha, pulando fendas nas quais eu hesitava, aproveitando qualquer prazer que o dia oferecia, sabendo que uma punição a aguardava por ter escapulido e sabendo que amanhã poderia escapulir de novo. Era assim que era.

Ah, como ela desabrochava; como, quando ficamos todos dois mais velhos, como os rapazes a seguiam com os olhos! Mas eu não fui de vadiar; tinha trabalhado, tinha minhas próprias cabras; e assim nos comprometemos: tudo estava combinado. Ela agora já não subia comigo de manhã no morro. Devia ficar em casa assando pão, fazendo queijos de leite de cabra, pisando uvas no outono, manchando seus pés brancos e meigos com o suco vermelho ensolarado, como se o bem-amado Cristo em Pessoa os banhasse em Seu próprio sangue bem-amado, que nem eu mesmo faria com alegria.

E nos dias de festa, como ela brilhava entre as outras, com seu lenço escarlate! Seus cabelos soltos sacudidos na dança, seus deliciosos seios arfantes balançados por baixo da latada dos fios! Não é de admirar, signor, que os rapazes suspirassem, que chorassem por ela, pois onde no nosso vale, no mundo inteiro, encontrar igual? Mas havia um compromisso entre nós: estava tudo combinado.

Depois de os violinos calarem e o sol baixar por trás dos morros sonhadores purpúreos e os sinos soarem pelo lusco-fusco como o último raio dourado do sol desfeito e caído ainda ecoava nas pedras, muitas vezes nós andávamos juntos. Os rebanhos com sinos estavam quietos agora e pelas mesas de jantar velas pingavam ouro e andávamos os dois de mãos dadas enquanto iam saindo as estrelas, tão grandes, tão perto — não como aqui na sua América, signor.

Às vezes ela ralhava comigo pelo meu acanhamento na dança ou com as garotas — eu que tanto trabalhava e poupava mas no arrasta-pé me intimidava e ficava só espiando enquanto os outros dançavam e a cantavam com suas camisas coloridas e o brilho dos seus anéis de cobre. E às vezes ela mexia comigo, dizendo que uma assim tão bonita merecia um melhor. Com o que aliás eu concordava, pois onde no nosso vale se encontrava uma igual? Mas nós já estávamos comprometidos.

Se sou casado? Não, signor. A vontade dos santos não foi essa. Ela?... (Eu estou velho: esqueço logo). Ah. Chegou alguém em nossa aldeia: um maioral aveludado com anéis de ouro puro — que nem um lorde, ele, com seu jeito de reserva e soberba, que nem uma espada fina enfiada numa bainha de luxo. Ele também a viu no prado, viu-a como música doce que se esquece, e tornou-se também como os demais rapazes. E ela, quando viu o maioral com olhos só para ela, ela dançou como ninguém nessa aldeia tinha jamais dançado. Os que a viam se calavam como se tivessem dado uma breve olhada no céu, pois ela era como a música de cem violinos transformada em flama branca e escarlate, era capaz de fazer os santos que dormiam no céu acordar tristes, sem saber por quê. Mas que jeito? Ele usava veludo e tinha anéis de ouro puro. Entre nós dois, porém, havia um compromisso.

Nessa noite, em meio aos morros por onde andei, as grandes estrelas eram barulhentas como sinos no firmamento escuro, barulhentas como grandes ovelhas com sinos dourados pastando o morro do céu, como as grandes e velhas, em meio às cabras, que tinham visto tanta dor e ainda assim pastavam. Mas logo a noite se foi, logo se foram as estrelas, e os morros já de manhã eram de azul e ouro. Lá, na poeira embaixo da janela dela, onde pelas manhãs eu costumava parar rapidamente, lá é que estava esta rosa amarela. A qual não era então como hoje: hoje, como eu, ela está velha e escura e retorcida; mas nesse tempo ela era nova e viçosa e verde. Sim, guardei-a. Ela, quando voltar, há de querer sem dúvida que eu a tenha guardado; se não a guardasse eu, ela vai ficar triste. E bem que a rosa me recompensou; todo ano ela brota — assim. Os santos são muito bons.

O quê? Se eu fiquei triste? Não sei. Conheci alegrias e tristezas, mas agora eu nem me lembro. Sou muito velho: já esqueci muita coisa.

Seu sapato fica pronto pra hoje. Si, si.

Sorte

17 de maio de 1925

Seu rosto redondo e estulto a transbordar de auto-estima, ele tinha esquecido completamente que não tinha como pagar seu próximo prato de comida: pra que se preocupar? O Senhor há de prover. E agora, com os punhos dobrados e o colarinho pelo avesso, seu terno gasto amarrotado numa coisa de vaga semelhança com a forma original, se preocupar pra quê? Ele estava tão bem quanto qualquer um.

"Vai ver que me tomam por um bamba em corridas, com tanta baba no bolso que dá pra engasgar um boi," dizia a si mesmo, dando longas espiadas, nas vitrines das lojas, para sua imagem passante. Em nenhum ponto da Royal Street podia ver outro pateta com uma aparência tão boa quanto a sua. Deu outra olhada para si numa vitrine, e colidiu com outro corpo.

"Aí, mermão," começou este, "há três dias que eu não como. Paga um café pra mim, pode ser? Quer saber, andei bebendo: admito; mas agora estou tentando largar, me entende? Ou talvez um caldo de carne, pra continuar me mantendo sóbrio? Deus vai ver lá do céu, amigo, e vai te recompensar."

"Peralá," ele respondeu, "por aqui não se pode beber com pouca grana, pode?"

Seu novo amigo se tornou expansivo. "Como não, desde que se tenha algum. Olhe, posso te levar a um lugarzinho tranqüilo, familiar, onde eu sou bem conhecido, percebe? Todo mundo que eu levo lá é bem tratado. Claro que você tem de ter algum."

Pegou o outro pelo braço; e afetuosamente o mendigo apoiou-se nele. "Vamos lá," ele disse.

Tomaram uma.

Havia outros dois fregueses na hora, um motorista de caminhão e um muito ex-qualquer coisa com um vago cheiro de mar, que se juntaram a eles. "Deixa a coisa rolar," ele disse, com essa soberba a que só chegam os que, não tendo dinheiro, têm desfaçatez.

Tomaram outra — três deles. Dessa vez o mendigo foi esquecido e se tornou veemente, de imediato.

"Que isso, amigos," ele disse, "pra mim também. Eu vou pagar uma rodada depois — cês vão ver s'eu num pago."

"Não podemos esperar até lá," murmurou o motorista, e o mendigo se tornou insistente.

"Olhe," ele disse, agarrando seu protetor pelo braço, "ouve só. Quem te trouxe aqui? Quem te mostrou o lugar mais agradável de Nova Orleans? Eu, não foi? E você deixa seus amigos ricos me tratarem como se eu fosse um troço, um cachorro. Olhe, sou um marujo que se respeita, esperando para ser embarcado. É verdade que eu fiquei sem dinheiro, mas eu não trataria um cachorro como você está me tratando. Só um gole, parceiros, antes de eu ir botar em dia a papelada de embarque." E ele alisou seu benfeitor com paixão.

"Me larga, sô, vai pro inferno," disse este herói, empurrando-o violentamente. O mendigo caiu, e foi ficando em pé devagar; quando o outro se virou novamente para o bar, pulou nas costas dele. Os dois caíram juntos; ele se levantou e tentou sinceramente arrancar a cabeça do mendigo de um chute, mas ambos foram agarrados e corporalmente ejetados para o meio da rua. Onde já estavam, ao se sentarem, sob o olhar desgostoso de um policial.

Ele contou sua versão a um entediado sargento de plantão; o mendigo contou a dele, em voz alta e mais alta.

"Por Deus," exclamou o sargento, "levem esses caras daqui. Não agüento mais."

"Pra onde, sargento?" perguntou o guarda, que não tinha nascido ontem.

"Seja lá pra onde for!" rugiu o superior, "desde que eles não possam mais me falar."

E assim mais uma vez ele se viu na sarjeta. Ficou sentado por um tempo, olhando estupidamente para a porta opaca da delegacia. Mas sua mão bateu numa coisinha dura e redonda: fechou os dedos em torno e levantou-a da lama. Em sua mão estava um *penny* — um centavo de cobre.

Um centavo de cobre. Que diabo se podia comprar com um centavo de cobre? Bem, goma de mascar, desde que ele conseguisse encontrar uma daquelas máquinas de vender chicletes; ou poderia, por um centavo, se pesar; ou comprar uma caixinha de fósforos. E ele assim se pôs de pé, limpando a lama da roupa. Coitado! Já não parecia ter um montão de grana no bolso.

Um homem passou correndo por ele, quando se aproximava da Canal Street, procurando uma máquina de chicletes, seguido por uma turba exaltada que o caçava gritando: "Pega ladrão!"

Ele aderiu à perseguição, e o fugitivo, passada uma esquina, acelerou. Avultou um guarda; colidiram os dois e desabou a vítima. O tira o agarrou pela gola antes de ele poder levantar. A perseguição ofegava.

"Que está havendo por aqui?" perguntou o guarda.

Um perseguidor sem fôlego explicou:

"Esse cara roubou uma moeda de cinco dólares de uma banca. Pegou um jornal, pôs cinco *cents* e apanhou um *penny* e cinco dólares de ouro que o rapaz tinha lá."

O guarda deu um safanão no preso. "Qu'história é essa, hein?"

"Palavra, seu guarda," apelou o homem, "foi sem querer. Eu peguei esse dinheiro por engano e, quando eu já ia dizendo a ele, o cara escorregou na sarjeta, caiu pra trás e começou a gritar: 'Pega ladrão!' E eu sem pensar saí correndo."

"Ainda está com você?"

"Tá: t'aqui, ó! Eu ia mesmo devolver pra ele. Palavra, não sou ladrão: tenho emprego aqui na cidade — vivi aqui a vida toda."

O guarda olhou para o ajuntamento. "Cadê o jornaleiro?" perguntou, e seus olhos bateram em nosso herói. "Ei, você aí que é pura lama: o dinheiro é seu?"

Sentiu que o empurravam para a frente, e o informante original garantiu: "É sim, seu guarda, é esse aí."

O policial examinou nosso herói detidamente. "Bem que eu tinha vontade de levar os dois, mas esse infeliz" — sacudindo o preso — "diz que foi um engano. Você é que sabe. Quer que eu leve ele em cana, ou prefere ficar com seu dinheiro de volta e eu solto o cara aqui mesmo?"

"Fico com os cinco," ele respondeu, e houve murmúrios de aprovação na rodinha.

O réu devolveu a moeda de ouro.

"Ei, peraí," interpôs-se o policial, "você ainda deve um *penny* a ele."

Tirou da roupa enlameada o *penny* que ele tinha achado e deu-o ao outro. A multidão se dissolveu, como a tais multidões ocorre, deixando-o a olhar seus cinco dólares, com a moeda na mão.

Cinco dólares. Que fazer com cinco dólares? Logo pensou em comer por cinco dólares. Mas seria uma burrice gastar tanto assim em comida, já que a comida podia ser conseguida de várias outras maneiras. De qualquer jeito, parecia que era o seu dia de sorte. Seu dia de sorte... seu dia de sorte...

Quando sua sorte estiver boa, ué, aproveite. Qualquer bobo sabe disso. E ali, num placar na Canal Street, havia uma lista das corridas de hoje. No terceiro páreo estava um cavalo chamado Penny Wise. Era um presságio: uma indicação dos próprios deuses que conduzem o mundo. E ele assim apostou seus cinco dólares em Penny Wise, a quarenta contra um. E Penny Wise ganhou de ponta a ponta, correndo como um coelho espantado.

Dois mil dólares. O que não se podia comprar com dois mil dólares? Sentado num parque, ele tentava se lembrar de tudo que já tinha querido alguma vez. Gozado, quando a gente está duro, é capaz de pensar num montão de coisas que gostaria de comprar, mas basta estar com capital e já não lembra de nada, nem pra salvar a própria vida. "Acho então que eu vou comprar um carro," ele disse. "Deve ser o que eu quero."

"Olhe," disse-lhe um amigo, "deixe esse dinheiro comigo. Contigo vai acabar num mês, e você vai acabar na rua de novo. Deixa eu guardar para você."

"Tá," ele disse; e mandou lavar e passar suas roupas por oitenta e cinco centavos; e comprou um carro esporte limão por um mil novecentos e oitenta e nove dólares, que um bondoso vendedor se encarregou de ensiná-lo a dirigir. Fez rápidos progressos — tão rápidos que saiu pela Jackson Avenue e pelo cais da Jackson Avenue e foi parar dentro do rio, a umas quarenta milhas por hora. O vendedor pulou a salvo; ele seguiu o exemplo e teve apenas um joelho esfolado. Mas foi tão perto que viu bem o grande e doloroso buraco que seu carro abriu na água barrenta.

A tripulação de um cargueiro que vinha para a terra o maldisse; e, quando ele ainda estava espiando as ondas que se formavam ali, a mão da lei caiu-lhe sobre o ombro. Foi preso por excesso de velocidade.

Depois de pagar o bonde para ele mesmo e o vendedor otimista, sobraram-lhe dez dólares e um centavo. Sua multa por excesso de velocidade era de dez dólares.

Parou por um momento olhando estupidamente para a porta opaca da delegacia. Havia em sua mão uma coisa dura e redonda; fechou os dedos em torno e tirou-a do bolso. Em sua mão estava um *penny* — um centavo de cobre.

Jogou-o na lama da sarjeta e se afastou pela rua, seu rosto redondo e estulto a transbordar de auto-estima. Talvez o tomassem por um bamba em corridas, com tanta baba no bolso que dava para engasgar um boi.

Pôr-do-sol

24 de maio de 1925

FACÍNORA NEGRO METRALHADO

O negro que aterrorizou esta localidade por dois dias, matando três homens, dois brancos e um negro, foi morto ontem à noite, a rajadas de metralhadora, por um pelotão do — Regimento da Guarda Nacional. Os patrulheiros instalaram sua arma diante do matagal onde o negro estava escondido e, quando já não havia resposta aos seus disparos, o Capitão Wallace entrou no local e encontrou o negro morto. Embora o facínora fosse tomado por louco, não se definiu uma causa para o seu furor homicida. O corpo não foi identificado.

— *The Clarion Eagle.*

Parte do caminho ele veio dentro ou por cima ou por baixo de vagões de carga, mas veio principalmente a pé. Levou dois dias para vir da Carrollton Avenue até a Canal Street, porque teve medo do trânsito; e na Canal Street ele estava afinal, alarmado e atordoado, carregando sua trouxa e a arma. Empurrado e espremido, ridicularizado por sua própria raça e injuriado pelos policiais, não sabia o que fazer, a não ser que devia atravessar a rua.

Assim enfim, pegando em mãos toda a coragem, fechando os olhos, lançou-se às cegas pelo meio do atravancamento. Com os carros a rodeá-lo, um motorista de táxi gritou-lhe hórridas imprecações, mas ele, agarrando trouxa e fuzil, conseguiu passar. E um gentil homem branco orientou-o então para o rio, que era o que ele procurava.

E ali estava um barco, bem amarrado no ancoradouro, esperando por ele. Ao escalar uma pilha e pular quase dois metros de água para alcançá-lo, ele quase perdeu a arma; foi aí que outro branco, aos berros, expulsou-o do barco.

"Mas, capitão," ele protestou, "eu só quero é ir pra Áflica. Posso pagá."

"Que diabo de África," disse o branco. "Te arranca do barco e vai pro inferno. Se tentar entrar aqui de novo assim, eu te mato. Se tá a fim de viajar, vai lá e compra uma passagem!"

"Tá, capitão. 'sculpa, tá?"

"O quê?" repetiu o vendedor de passagens, todo espantado.

"Quel'uma passagi pra Áflica, faz favô."

"Pra Ática?"

"Não; Áflica."

"Quer passagem de barca?"

"É, acho que é, né: quero ir naquele barco que tá esperando lá."

"Vamos lá, vamos lá," disse uma voz nas suas costas, de alguém na fila de espera, e ele então pegou seu tíquete, foi empurrado portão adentro e de novo já estava a bordo da barca.

O barco, para sua surpresa, ao invés de ir descendo o rio, direção na qual ele vagamente supunha estar a África, foi direto atravessando a corrente, para desembarcá-lo do outro lado como um carneiro em rebanho. Ele, agarrado ao fuzil, olhava em volta no maior desamparo. Por fim abordou com confiança um guarda.

"Eh, chefia, é aqui qu'é a Áflica?"

"Hein?" disse o policial surpreso.

"Faz favô. Tô querenu ir pra Áflica. Tô no rumo certo?"

"Que diabo de África," disse este branco, tal como havia dito o do barco a vapor. "Vem cá, qualé a tua?"

"Quero vortá pra casa, pra de onde o pastor diz que nós vem."

"Onde cê mora, nego?"

"Pra lá, bem pra lá, no campo."

"Que cidade?"

"Num tem cidade lá não, só Mister Bob e famíia e a negrada deles."

"Mississippi ou Louisana?"

"É sinsinhô, acho que é."

"Bom, deixa eu te dizer uma coisa. Volte pra lá correndo, no primeiro trem que conseguir pegar. Teu lugar não é aqui."

"Mas eu quero ir pra Áflica, chefia."

"Corta essa de África, ouviu? Vai comprar uma passagem de trem, vai, o mais pra longe que puder."

"Mas chefia ——"

"Te manda, vamos. Quer que eu te leve?"

Mais uma vez ele estava ao pé da Canal Street, olhando em volta perplexo. Como se iria para a África? Ele, indo às quebradas, ao sabor de encontrões e empurrões, ele deixou que o destino o conduzisse até o cais no rio. Já havia outro barco atracado lá, com negros que carregavam coisas por uma prancha e as despejavam lá dentro. Proeminente, um branco em mangas de camisa gritava ordens.

Negros empurravam carrinhos, aos solavancos e batidas, cantando, à sua volta. Ele continuava a ser arrastado, saltando do caminho de um carro para logo dar com outro que vinha à frente. "Eh, nego, presta atenção!"

O chefe, de repente, investiu sobre ele.

"Que diabo cê tá fazendo? Pega logo um troço aí, ou te manda do emprego. Aqui não tem lugar para espectadores não, ouviu?"

"Sinsinhô, chefia," respondeu educadamente; e logo ele estava jogando sacos num carro. Seu sangue esquentou com a atividade, começou a suar e a cantar. Aqui ele estava se sentindo em casa — pela primeira vez em quanto tempo? Tinha esquecido. "Áflica, cadê você?" ele disse.

Hora de largar: no oeste pairava o sol vermelho e as sombras longas, planas e imóveis, esperavam pelo escuro. Os grãos dourados de poeira girante giravam mais lentamente na luz crepuscular; os outros estivadores apanhavam casacos e marmitas e saíam para o brilho das ruas e o jantar. Ele apanhou sua arma e sua trouxa e foi para bordo do navio.

Deitou-se entre uns macios sacos volumosos para saborear o pouco pão que comprou. A escuridão caiu completamente, o lamber da água no casco e o penetrante cheiro doce dos cereais ensacados logo o puseram dormindo.

O balanço acordou-o, um ligeiro sobe-e-desce e o ininterrupto barulho das máquinas. Havia luz ao redor e num conforto de torpor lá estava ele, nem sequer pensando. Mas sentiu fome e, não entendendo muito bem onde estava, se levantou.

Assim que ele apareceu no convés um outro branco furioso caiu-lhe em cima.

"Quero ir pra Áflica, capitão," ele se explicou, "quando ajudei aqueis nego onti a embarcá eu ah eu achei que nós tudo ia vim nesse navio daqui."

O homem branco arrasou-o com ondas de profanação. "Por Deus, vocês negros me deixam doido. Então você não sabe pra onde vai esse barco? Vai pra Natchez."

"Se passá pela Áflica, pra mim tá bão. É só o sinhô me dizê quando chegá lá e, se num fô pará, eu pulo n'água e vô nadando pra beira."

O homem, cheio de espanto, olhou-o por um longo minuto.

"E num se procupe cum a passage não, viu?, apressou-se seu passageiro a lhe dar garantia. "Tô cum dinheiro: posso pagá."

"Quanto você tem?"

"Muito, capitão," respondeu à larga, procurando no macacão. Na mão estendida mostrou quatro dólares de prata e umas moedas menores. O branco pegou os quatro dólares.

"Bem, por isso aqui eu le levo até a África. E você se junta àqueles negros de lá e vai ajudando eles a arrumar a carga até a gente chegar, ouviu?"

"Sinsinhô," ele disse todo alegre. Fez nova pausa. "Mas o sinhô vai me dizê ond'é qu'eu tem de sartá, né capitão?"

"Claro, claro. Mas agora vai lá e ajuda aqueles rapazes. Vai, vai logo."

Ele ajudou os outros rapazes enquanto eles passavam sob o dia perfeito de uma volta cintilante do rio para outra; e novamente o sol pairou vermelho no oeste. Nalgum lugar tocaram sinos e o barco apontou para a margem. Com mais sinos, perdeu velocidade e sem problemas meteu a proa na lama, sob um monte de barris. O capitão branco, o enfezado, debruçou-se da coberta da frente sobre a cabeça dele.

"Ei, ô Jack," gritou de lá, "tudo bem. Você já está onde queria. Ajude a botar aqueles barris a bordo, e a África é pra lá, ó, pouco mais de um quilômetro depois daqueles campos ali."

Ele ainda ficou um tempo olhando o barco que se afastava da margem, arrastando pela tarde a fumaça preta de suas altas chaminés; depois meteu o fuzil no ombro e se enfiou terra adentro. Não tinha ido muito longe quando pensou nos leões e ursos que provavelmente iria encontrar, por isso parou e carregou sua arma.

Após andar até não ter mais luz nenhuma, já com a Ursa Maior pairando majestosamente no oeste, concluiu que devia estar bem na África, e que era hora de comer e dormir de novo. Como comer não tinha o quê, resolveu procurar um lugar seguro para o sono. Quem sabe, talvez amanhã ele matasse um coelho. De repente se viu junto de uma cerca; do outro lado se alteava uma coisa que podia ser um monte de feno. Pulou a cerca e, quase debaixo dos seus pés, um troço se ergueu horrivelmente.

Foi terrível o medo que ele teve. Seu fuzil se ergueu no ombro e disparou e acendeu a escuridão, e o leão ou o que quer que fosse pulou gritando noite afora. Ele sentia um suor tão frio quanto moedas de cobre no seu rosto e correu para o monte de feno, agarrando-se desesperadamente para tentar subir. Com os esforços inúteis, seu medo aumentou e a seguir serenou, permitindo-lhe escalar o escorregadio monturo. No topo, sentiu-se seguro, mas teve a precaução de colocar sua arma bem ao alcance da mão, quando se deitou de barriga para espiar a noite. A coisa que ele tinha acertado estava quieta agora, mas a noite estava cheia de sons.

Veio uma luz tremeluzindo no chão e logo ele viu que havia pernas que se entremeavam com os raios e ouviu vozes numa língua que ele não entendia. Selvagens, pensou, gente que come a gente; e se afundou ainda mais na palha. A luz e as vozes passaram na direção tomada pelo animal no qual ele atirou; logo a luz ficou parada ao lado de uma coisa manchada que se avolumava no chão, e as vozes se ergueram em imprecações.

"Gente fina!" suspirou. "Devo ter atirado no leão de estimação deles."

Mas um leão era um leão. E assim ele ficou escondido enquanto a luz foi se afastando e finalmente sumiu e, com as estrelas pairando acima, ele dormiu.

Acordou sendo sacudido. Jogou um braço para proteger os olhos. A língua estranha estava em seus ouvidos de novo e abrindo os olhos ele viu um homenzinho de pele muito queimada se ajoelhando em cima dele com um revólver na mão. Se aquela língua ele não conseguia entender, a língua que essa arma falava ele entendeu muito bem.

"Vão me comer," pensou. Sua perna se dobrou e empurrou-o, forçando o homem a escorregar monte abaixo, e como um bicho ele pulou de uma vez só para o chão. Um revólver disparou e alguma coisa indefinida o atingiu no alto do ombro. Ele respondeu e um homem caiu por terra. Pondo força nos pés, saiu em disparada, sob balas que passavam por ele e iam zunindo. Viu a cerca pela frente: dobrou para acompanhá-la, procurando um portão.

Seu braço esquerdo estava quente e molhado e, na virada da cerca, lá estava um portão. O tiroteio continuava atrás dele, que de pronto agarrou sua arma ao ver uma figura correndo para ir cercá-lo. Quando os dois já estavam bem perto, ele viu que era um membro de sua raça. "Sai da frente, ô, nego," gritou para o outro, que agitava os braços no portão; e viu no rosto do homem a expressão de espanto absurdo, quando sua arma disparou outra vez.

A respiração aos arrancos o sufocava. Ele tinha de parar. Ali havia um fosso e uma longa barragem. Logo adiante, onde outra barragem se ligava à primeira, havia um pequeno matagal. Nesse ele mergulhou, lá se escondeu e arriou de costas, bufando. Seus pulmões exaustos finalmente respiraram melhor. Só então ele se deu conta do ferimento no ombro. Surpreso, olhou seu sangue. "Poxa, quando será que foi?" pensou. "É, tal e qual faz o homem branco, esses aflicanos matam nego a bala."

Depois de improvisar uma atadura, pôs-se a estudar a situação. Ele tinha um refúgio, e isso era tudo. Contava ainda com dezoito cartuchos, dos quais iria precisar: já havia um homem a uns duzentos metros de distância, de rifle em punho e olhando para a capoeira.

"Num parece qu'é pra já qu'ele vai me incomodá," decidiu. "Vô descansá aqui até escurecê e despois vô vortá lá pro Mister Bob. Num é lugá pra gente civilizada essa Áflica — se pisa em leão, atiram na gente e a gente aí tem de atirá tombém. Mas vai vê que esses aflicãos tão acostumados com isso."

Seu ombro começou a latejar. Com a febre subindo, ele se contorcia todo. Que sede horrorosa! Já estivera com fome, mas agora só sentia sede, e pensou na água fresca e barrenta de um riacho lá da sua terra, e na mina fria da matinha. Erguendo o rosto suado, viu que o vigia tinha chegado mais perto. Levantou seu fuzil, mirando como podia com uma só mão, e atirou. O vigia caiu para trás, reequilibrou-se de pronto e deu no pé às furtivas, até ficar fora de alcance. "Só pra te assustá," ele murmurou.

As coisas começavam a lhe parecer engraçadas e seu ombro doía horrivelmente. Cochilou um momento e sonhou que estava em casa de volta; despertou com a dor e cochilou novamente. Assim passou o dia inteiro, cochilando e acordando, arrastando-se a intervalos para beber da água fétida e lamacenta do fosso. Por fim ele acordou para a noite, para fogueiras e lanternas e homens andando e conversando sob os fachos de luz.

Ele tinha se arrastado barranco abaixo, para ir beber água, e ao voltar os faróis de um automóvel bateram de repente em cima dele. Uma voz gritou, e à sua volta pipocaram balas. Ele pulou na capoeira de novo e atirou às cegas contra as luzes. Um homem deu um berro e uma chuva de balas veio varar o matagal: um vendaval parecia agitar os galhos, torturá-los contra o céu. Ele parecia queimado a ferro em brasa e abaixou a cabeça, premindo o rosto na terra lamacenta.

De repente o tiroteio parou; o silêncio o arrastou literalmente das regiões do olvido. Ele manteve o seu fuzil apontado, à espera. Finalmente a escuridão se desprendeu por si mesma e se tornou duas coisas; e no brusco clarão de sua explosão confusa ele viu dois homens se agachando. Um deles descarregou um revólver quase no seu rosto e fugiu.

Madrugada de novo. O sol nasceu, esquentou, passou por cima da cabeça dele. Ele estava em casa, trabalhando nas lavouras; estava dormindo, lutando para sair de um pesadelo; era criança de novo — não, era um pássaro, uma grande ave de rapina desenhando círculos negros sem fim num céu azul.

De novo o sol que se punha. O oeste como se sangue: era o próprio sangue dele, pintado numa parede. Jantar no prato, e a noite num lugar onde não havia fogueiras nem gente andando em torno delas, e então tudo parando como se todos estivessem à espera de acontecer alguma coisa.

Levantou a cara da lama e olhou para o círculo de fogueiras ao seu redor. Parecia que todos tinham se reunido ali, bem naquele lugar diante dele, para observar ou esperar alguma coisa. Pois bem, que esperassem: amanhã ele já estaria em casa, com Mister Bob a xingá-lo mas numa voz amistosa, e com gente normal como companhia, para rir, conversar, trabalhar.

Mas então soprou um vento: os galhos e moitas se dobraram de súbito sob uma rajada mais forte do que todas as outras; se achataram gemendo e se encolheram sumindo. E ele também foi uma árvore atingida pelo mesmo vento: sentiu-lhe os golpes surdos, como sentia seu corpo se despedaçar em folhas arrebentadas caindo.

Passado o vendaval, tudo que se quebrara estava imóvel. Seu rosto negro, bronco, bondoso e outrora alegre jazia virado para o céu e as frias, frias estrelas. África ou Louisiana: quem se importava?

O Garoto Aprende

31 de maio de 1925

A COMPETIÇÃO ESTÁ EM TODA PARTE: é a competição que move o mundo. Não o amor, como alguns dizem. Quem iria querer uma mulher que ninguém mais quisesse? Não eu. Nem você. E nem o Johnny. Mesma coisa com o dinheiro. Não valeria a pena lutar por essa droga, se ninguém quisesse. E tem mais. O bom é ser bom no seu próprio ramo, seja a venda de alumínio ou de roupas íntimas de senhoras, seja o contrabando de uísque, seja lá o que for. Ou o cara é bom, ou tá morto.

"Olhe," disse Johnny, reclinado contra a parede em sua cadeira, "no nosso ramo um cara não é bom só porque ele pode fazer das suas, ele é bom porque quer ser um pouco melhor do que o melhor, percebe?"

"Certo," disse seu amigo Otto, sentado ao lado dele, sem se mexer.

"Qualquer um pode escapar de ser morto. Só precisa é arrumar sua vaga numa turma de rua ou como balconista de bar. O que conta é ser tão bom quanto puder

— tão bom como qualquer um deles. Se dar bem ou não se dar só mostra como você é bom, ou como deveria ter sido."

"Certo," concordou seu amigo Otto, puxando seu chapeuzinho para a frente e cuspindo.

"Sabe, não tenho nada contra o Carcamano; mas ele vive dizendo por aí que é o bonzão, como eu também digo que sou, e um dia teremos de provar entre nós quem é o melhor."

"É," disse Otto, enrolando um cigarrinho e limpando com um pau de fósforo a unha do polegar, "mas espera a hora. Você ainda é novo, né, e ele é macaco velho. Espera a hora. Cresce mais uns anos que eu aposto que dando no nariz você ganha. Ninguém nunca fez nada melhor por aqui do que aquele jeito como você tomou o treco dele na semana passada, mas cresce mais uns anos antes de querer sair no braço com ele, me entende?"

"Certo," disse por sua vez Johnny, "eu não sou bobo. Me dê aí uns cinco anos; quando eu for o Johnny Gray, nem mesmo os tiras vão se lembrar mais do Carcamano. Cinco anos, tá?"

"Aí, garoto! Ninguém tem que se queixar do que a gente tem feito ultimamente. Deixa as coisas rolarem que, quando estiver na hora, a gente vem e faz uma limpa."

"Ele está certo," pensava Johnny descendo a rua. "Espera a hora, vai melhorando. Ninguém é bom assim sem mais nem menos: tem de aprender a ser. Eu não sou bobo, tenho juízo bastante pra deixar o Carcamano de lado até chegar a ocasião. Mas quando estiver na hora — adeus!"

Sentiu um frio na barriga, bem rápido, ao erguer os olhos — não por medo, mas pela consciência exaltada do que aconteceria algum dia. Pois lá vinha o Carcamano num idêntico casaco cintado e Johnny não pôde reprimir um forte sentimento de inveja. Passaram um pelo outro; Johnny meneou a cabeça, mas o outro apenas pôs um dedo, despreocupado e condescendente, bem em riste para ele. Orgulhoso demais para se virar, ele podia porém ver em seu íntimo a revelação dos ombros do outro e a sugestão de uma protuberância na coxa dele. Algum dia! Johnny soltou um palavrão para dentro, ansiando por aquele dia.

Foi então que ele a viu.

Rua abaixo ela vinha, gingando seu corpo achatado e jovem com toda a graça canhestra da juventude, gingando com seus braços jovens e finos; ele, por baixo do chapéu que ela usava, viu um cabelo nem castanho nem louro, e olhos acinzentados. Ágil como um potro ela passou por ele e, virando-se para segui-la com os olhos e todo o vago desejo de sua própria juventude, ele viu o Carcamano avançando na maior elegância para abordá-la.

Viu que ela se retraía, como viu que o Carcamano a pegou pelo braço. E Johnny viu que a tal da coisa pela qual tanto quisera esperar até ele estar melhor tinha chegado agora. O Carcamano já a havia agarrado pelos dois braços quando ele se enfiou entre eles, porém soltou-a, tomado de surpresa ao reconhecer Johnny.

"Larga ela," ordenou Johnny friamente.

"Qualé, mané, qu'é que foi? Tá falando comigo?"

"Larga ela, eu disse," repetiu Johnny.

"Seu fedelho, seu —— —— ——," e os olhos do mais velho se tornaram bruscamente vermelhos como os de um rato. "Tu não sabe quem sou eu?" Empurrou Johnny para o lado e de novo agarrou a garota pelo braço. Com as costas da mão na boca, ela estava paralisada de medo. Bastou ser agarrada para soltar um grito. Johnny pulou e acertou o Carcamano no queixo desguarnecido e ela fugiu rua abaixo, aos prantos. Quando Otto chegou correndo, Johnny estava de revólver na mão, e o outro caído.

"Meu Deus," gritou Otto, "você já resolveu a parada!" Tirou do bolso uma tira de couro com um peso na ponta. "Não me atrevo a acabar com ele aqui. Vou só dar um trato nele, e você, ó, desapareça, te arranca logo da cidade!" Ele deu uns tapinhas no homem ainda grogue e saiu correndo. "Te arranca logo, por Deus!" gritou por cima do ombro. Mas Johnny já tinha ido atrás da garota, e um policial, com rápidas passadas pesadas, apareceu.

Alcançou-a diante de uma entrada escura. Ela tinha parado e se encostava na parede com o rosto arriado no braço em gancho, ofegando e chorando. Ao ser tocada, voltou a gritar, rodopiando para cair. Ele a pegou e amparou.

"Não é ele, sou eu," disse-lhe confusamente. "Lá, por lá tudo bem; eu deixei ele arriado."

Ela se agarrou nele, soluçando; e o pobre Johnny olhou em volta, caindo numa cilada. Pô, que fazer com uma garota chorando?

"Calma, baby, calma," ele repetia, alisando-lhe meio sem jeito as costas, como se faz com um cachorro, "tá tudo bem. Ele não vai te incomodar. Me diz onde você mora que eu te levo em casa."

"O-o-o-oh, ele me assustou tan-to," ela gemeu, agarrando-se mais. Pobre criança, não sabia que era ele que devia estar assustado, que era a vida dele que estava a ponto de tomar um rumo desconhecido e obscuro, para melhor ou pior somente os deuses sabiam. Mas ainda havia tempo para fugir da cidade, disse-lhe a prudência. O Otto estava certo; ele sabe das coisas. Larga ela e se manda, seu maluco! Largar ela, mas com ele vindo por aí outra vez? replicou a juventude. Ah não, nem que a vaca tussa.

Sentia o seu chorinho abafado, sentia-lhe o corpo novo e flexível que tremia de medo.

"Lá, menina, lá," repetia inanemente. Nem sequer sabia o que dizer a eles. Porém tinha de tirá-la dali. O Carcamano já deveria estar se recuperando agora, e viria procurá-lo. Ele a apertou contra si e pouco a pouco ela parou de tremer; e, olhando em volta, ele quase gritou de alívio. Ali estava a casa de Ryan, o velho tira, que o conhecia há quinze anos, desde menino. O lugar perfeito.

"Pois é, sabe, é o lugar perfeito. A dona da casa me conhece, ela cuidará de você até eu vir te buscar."

Ela o enlaçou completamente em seus braços finos. "Oh, não me deixe não! Tô com tanto medo!"

"É um minutinho só, meu bem," ele a tranqüilizou. "Só pr'eu ver aonde ele foi, me entende? Pra gente não voltar a dar de cara com ele."

"Não, não, não, ele vai te fazer mal!" O rosto dela, molhado, salgado, se colara ao dele. "Não vai não, não vai não!"

"Mas, olhe, baby, é só um instante. Não demoro nada." Ela exalou um gemido contra o rosto de Johnny e ele a beijou na boca fria e foi como se o dia irrompesse em meio às árvores nas quais havia passarinhos cantando. Os dois se olharam por um momento.

"Tem de ir mesmo?" disse ela já com outra voz, concordando em ser levada para a porta às escuras; ali eles ficaram bem abraçados até que viessem passos, pelo corredor, lá de dentro. E ela de novo pôs os braços no pescoço de Johnny.

"Volte logo," sussurrou, "e, oh, cuidado! Tô com tanto medo!"

"Baby!"

"Meu amor!"

A porta se abriu com Mrs. Ryan, houve uma breve explicação e Johnny, ainda tendo no rosto seu beijo úmido, se afastou às pressas do beco.

Aqui estrelas distantes flutuavam no alto, mas lá embaixo havia o brilho das luzes e ruas movimentadas, e todos os cheiros da cidade, de que ele gostava tanto. Poderia ir para longe algum tempo, e depois voltar, e as coisas — luzes e ruas e cheiros — continuariam as mesmas. "Não!" exclamou ele. "Agora eu tenho uma garota. Melhor morrer do que ela achar que eu corri." Ah, se isso pudesse ter sido adiado um pouco! Como ela é carinhosa! Será que é amor? pensava ele, ou será que é o medo que me faz querer voltar para ela e arriscar-me a deixar que as coisas se resolvam por si e não por meu intermédio? Foi por ela que eu fiz isso, de qualquer jeito: não traí meus colegas. Eu não tinha saída: qualquer um pode entender.

"Bem, não sou tão bom quanto eu gostaria de ser, mas posso ser tão bom quanto eu puder." Voltou a olhar para as estrelas no alto, com o revólver bem largado no bolso, e de novo aspirou os cheiros de comida e gasolina de que gostava; e bruscamente alguém saiu de um vão de porta.

Pois é, eis que ela estava de novo ao lado dele, com seu corpo jovem todo brilhante e o cabelo nem castanho nem louro e aqueles olhos cor de sono; mas ao mesmo tempo ela era um pouco diferente.

"Mary?" disse Johnny, experimentando.

"Irmãzinha Morte," corrigiu a luminosa, pegando-o pela mão.

O Mentiroso

26 de julho de 1925

QUATRO HOMENS ESTAVAM confortavelmente sentados na varanda do armazém de Gibson, diante dos trilhos da estrada de ferro e dois indefinidos prédios amarelos. Os prédios pertenciam à estrada de ferro, donde serem mantidos de um modo impessoal e pintados com o mesmo prodigioso amarelo. Já a venda, não pertencendo à companhia, não era pintada. Impassivelmente acachapada numa encosta de morro, ela permitia ao proprietário sentar-se comodamente para cuspir no vale e observar os trens anunciados pela fumaça ao longe passar ali de vez em quando. O armazém e o proprietário se pareciam um com o outro, bem largados e à vontade; e era raro que a do dono fosse a única cadeira reclinada contra a parede e que fossem dele todos os restinhos de lixo atirados no chão.

Hoje ele tinha quatro convidados. Dois vieram das montanhas a cavalo, para necessidades corriqueiras, e os outros dois tinham descido de manhã do trem de carga;

sentavam-se de um modo muito amistoso, vendo a fumaça da locomotiva a definhar pelo vale.

"Quem é aquele que vem vindo lá embaixo?" finalmente alguém falou. Os outros seguiram seu olhar e o estranho subiu pela trilha que saía da estação sob a atenta e provinciana vigilância de todos. Estava modestamente vestido — um chapéu de feltro surrado, um blusão azul bem grosseiro e calça de cordurói — roupa idêntica à de pelo menos um dos observadores.

"Nunca o vi na minha vida. Que eu saiba, não mora por aqui não," murmurou o proprietário. "Algum de vocês conhece ele?"

Todos negaram com a cabeça. "Pode ser lá das montanhas. Tem gente que vive afundada lá o ano inteiro, e uns que até nunca saíram da toca." O falante, homem pequenote de cabeçorra careca e longo rosto saturnino no qual seus olhos descorados eram penetrantes e ingênuos — como os de um padre depravado —, continuou: "Um camarada lá do Mitchell contou que um dia um deles trouxe a família toda à cidade, no mês passado, para que eles vissem um trem. O trem apitou, e a mulher e as seis ou sete crianças começaram a rodopiar por ali meio nervosas; quando o trem apareceu na curva, o bando todo se mandou para o mato.

"O próprio Mitchell tinha ido apanhar o seu jornal, e aqueles bichos do mato em debandada atropelaram a charrete do velho: deixaram ela toda em pedaços e assustaram tanto o cavalo que só no dia seguinte ao meio-dia pegaram ele de volta. Pois é, a noite toda eu ouvi o pessoal que gritava com seus opas e eias, tentando convencer o cavalo a se enfiar numa espécie de cercado. Dizem que ele passou direto pela casa de Miss Harmon —— " e o próprio narrador achou graça dessa sua invenção. Os outros também riram, desfrutando do humor, mas tolerantes, como se ri a uma criança. Sua capacidade de fabulação eram bem conhecida. E, embora dados por natureza à verdade, como todas as pessoas que vivem junto da terra, eles condescendiam com sua imaginação ilimitada, em virtude do humor que ele atingia e era compreendido por eles.

A risadaria parou, pois o recém-chegado já estava perto. Subiu pelos instáveis degraus e se postou ante o grupo, homem de tez escura. "Bom-dia, senhores," cumprimentou-os sem entusiasmo.

O proprietário, como anfitrião, retribuiu a saudação. Os outros murmuraram uma coisa qualquer, como de costume. O desconhecido entrou na loja e o proprietário, relutante ao levantar-se, seguiu-o faustosamente.

"Ei," disse o contador de casos, "já notaram como o Will é rápido pra negociar? Dá logo um pulo, quando chega um freguês, e vai batendo os calcanhares pra empurrar o cabra pra dentro. Me lembra do tempo ——"

"Chega, Ek," disse-lhe um outro calmamente. "Você já contou uma mentira essa manhã. Dá um tempo, pelo menos pra que a gente, entre uma e outra, possa pitar o cachimbo. Talvez esse desconhecido queira te ouvir. E o Will também não gosta de perder seus casos." Os outros, caindo de rir, cuspiam.

Gibson e seu freguês já voltavam; o proprietário afundou suspirando em sua cadeira e o outro, com um pedaço de queijo e um saco de biscoitos, abaixou-se no degrau mais alto, apoiado de costas contra um poste, meio de frente para o grupo. Começou a comer enquanto o olhavam, gravemente mas sem malícia, como as crianças, e todos cujos desejos e satisfações são simples, podem.

"Sabe, Will," disse alguém passado um tempo, "quase que ocê perde uma do Ek. Mas nós mandemo ele pará, num foi? Agora, Ek, ocê já pode ir em frente."

"Olhem," disse o chamado Ek, de pronto, "cês todos pensam que cada vez que eu abro a boca é pra inventar uma lorota, não é, mas deixem eu contar uma coisa curiosa que realmente aconteceu. Foi assim, ó ——"

Interromperam-no. "Ei, Will, vai pegá teu remédio de cavalo: o Ek tá mal."

"É, deve ter dado um troço. Bem que a gente dizia pr'ele sair do sol no pasto, né?"

"É sinsinhô; mostra o que o trabalho faz da gente."

"Não, não, é como aquele negócio dos irmãos Simpson: faz um cabra dizer a verdade o tempo todo. Negócio pra ficar longe da Justiça, senão vai todo mundo pras grades."

Ek tinha lutado em vão para se sobrepor à galhofa. "Cês não sabem de nada," protestou. "Pois então a gente tenta falar a pura verdade e ——" Calaram-no de novo aos gritos, e Will Gibson sintetizou a questão.

"Olhe, Ek, não estamos duvidando da sua capacidade de falar a verdade quando necessário, como numa assembléia ou na Justiça; mas nunca houve uma verdade acontecida que divirta a gente mais do que a tua conversa natural, não é, amigos? Ele é melhor do que um cara no cinema, né não?"

Ruidosamente os outros assentiram, mas Ek não se deixou amolecer. Sentou-se ofendido em sua dignidade. Os outros ainda deram risadas, de quando em quando, mas finalmente a brincadeira acabou e não havia outro barulho a não ser a metódica mastigação do estranho. Ele, aparentemente, não participara da risadaria. Bem lá longe no vale apitou um trem; o eco pegou o som, brincou com ele um instante e deixou-o dissolver-se em silêncio.

Mas o silêncio para Ek era insuportável. Acabou vencendo sua dignidade ultrajada. "Olhem," lançou-se ele, sem problemas, à narrativa, "deixem eu contar pra vocês uma coisa curiosa que realmente aconteceu comigo ontem. Eu estava lá no Mitchell esperando o trem local da manhã, quando encontrei com o Ken Rogers, o xerife. Ficamos matando tempo e ele me perguntou o que eu fazia por ali hoje e eu disse que ia pegar o N° 12 para casa. Ele aí disse que estava procurando alguém como eu, me perguntou se eu não tinha sido criado nas montanhas. Eu disse que sim, e contei como meu pai, quando fiz 21 anos, resolveu que eu tinha de usar sapatos. Eu nunca tinha andado calçado, eu era novo e arisco como um potro naqueles dias.

"Pois é, senhores, podem me acreditar ou não, mas quando eles chegaram no meu catre, naquela manhã, com aqueles sapatos novos, eu saí dali num pulo e só de camisa como estava me mandei pro mato. Meu pai espalhou entre os vizinhos e organizaram uma caçada, com machados e cordas e cachorros, que nem pra pegar um urso. Porém sem armas de fogo; meu pai dizia que me matar seria uma perda de mão-de-obra, pois eu era como qualquer um deles para agüentar um dia de trabalho.

"Pois é, senhores, levaram dois dias pra me achar, e só me acharam quando aqueles cachorrões que comem gente do Lem Haley me puseram pra cima de uma árvore na baixada de Big Sandy, a uns 30 quilômetros da minha casa. Vocês talvez não acreditem, mas foi preciso meu pai e três fortudos pra botar os tais sapatos em mim." Ele mesmo puxou os risos, aos quais o desconhecido aderiu. "É, senhores, bons tempos aqueles. Mas, ora vejam, parece que eu saí um pouco dos trilhos. Onde é mesmo que eu estava? Ah, já sei. Pois é, e aí o xerife me pergunta se eu não podia voltar lá nas montanhas com ele. E eu, bem, eu digo que não podia não, que hoje eu tinha um negócio para tratar em Sidon ——"

"Mesmo negócio que está tratando agora, não é?" interrompeu alguém da audiência. "Tem que voltar lá pra onde o pessoal acredita nele quando ele diz que está falando a verdade."

"Olhe, olhe aqui," ia dizendo o ultrajado narrador, quando o proprietário interferiu. "Peralá, ô Lafe; deixa ele acabar a estória. Vamos lá, Ek, ninguém vai te incomodar mais não."

Ek o olhou com gratidão e prosseguiu: "Então ouçam. O xerife me diz que precisa de um homem que conheça o pessoal das montanhas pra ir lá com ele. Tinha havido um problema lá qualquer e ele queria esclarecer as coisas. Como eles, desconfiados como são, eram capazes de atirar primeiro, antes de alguém poder dizer o que queria, ele queria que eu fosse junto com ele para dar uma amaciada neles, por assim dizer, prometendo que me trazia a tempo de pegar o trem da noite. Pois bem, como não havia nada que eu não pudesse adiar por um dia ou dois, eu então fui com ele. Ele já estava com o carro pronto e um ajudante esperando, e assim lá fomos nós.

"Era uma beleza de dia como eu nunca vi e a gente estava numa ótima, conversando pra lá e pra cá e rindo muito ——"

Lafe interrompeu novamente: "É, devia de ser uns caras que nunca tinham ouvido tuas mentiras antes."

"Cala essa boca, Lafe," Gibson ordenou peremptoriamente.

"—— e a primeira coisa que eu notei foi que chegamos a um lugar onde a estrada sumia completamente. 'Agora vai ter de ser a pé,' diz o xerife, e assim largamos o carro por ali no caminho e fomos andando. Pois é, senhores, sou nascido e criado nessas montanhas, mas eu nunca tinha visto aquele trecho onde a gente estava — tudo cristas e barrancos, fácil de perder um cavalo que dali despencasse. Finalmente o xerife me diz: 'Ek,' diz ele, 'o lugar que a gente quer é logo depois dessa crista aí. Vai até lá na casa e diz a Mrs. Starnes quem você é; Tim e eu vamos contornar pelo outro lado. Provavelmente encontraremos Joe no campo de baixo. E você nós vamos encontrar na casa. Pergunta lá pra Mrs. Starnes se ela pode aprontar uma coisinha pra gente.'

"Tudo bem, xerife," eu digo, "mas por aqui eu não conheço ninguém."

"Não tem problema," o xerife diz, "você só tem de ir lá na casa e dizer a ela que eu e o Joe e o Tim logo chegaremos também. E ele e o Tim começaram a contornar a crista, e eu tomei o caminho que ele indicou. Pois é, senhores, penei para subir ao topo da crista e era pura verdade, no vale seguinte havia uma casa e umas cocheiras. Não parecia muito uma fazenda e deduzi que esses Starneses deviam ser gente pobre, gente comum lá das montanhas. Na crista onde eu estava havia pedras aos montes, e eu pensava justamente que era um bom lugar para cobras, quando já ia descendo para a casa e — bzzzrrr!

passou um troço bem por trás de mim. Senhores, eu pulei uns cinco metros e já caí agarrando pedras. Depois de eu ter jogado várias a cascavel sumiu num buraco; e eu aí vi mais três, todas com a cabeça esmagada, e percebi que eu tinha enfiado o pé num covil. Não tinham morrido há muito, e só por aquela amostra entendi como as outras deviam estar brabas, e assim me mandei dali. Eu não podia estar muito longe do cara que esmagou as três cobras, mas só depois vim a saber quão longe.

"Desci rápido pelo matagal, me aproximando por trás da casa. Um pouco abaixo da cocheira e entre eu e a casa havia uma mina d'água num barranco cheio de pedras. Uma cerca protegia a mina do gado, e havia pedras e barrancos por toda parte: nunca vi uma terra tão empedrada assim, tão ruim — uns buracos estreitos que nem poços, cheios de pedras, que eu tinha de pular como um cabrito.

"Já bem lá pelo meio da descida, vi um cara se mexendo na mina. Não o tinha visto antes. Quando olhei da primeira vez, ele não estava lá, mas foi olhar da segunda e dar com ele, levantando-se bem junto da mina. Estava com uma caixa de madeira embaixo do braço. Nunca pude saber de onde ele vinha.

"Sabendo como esse povo das montanhas é escabriado, eu já ia dar sinal da minha presença quando ele pôs um dedo na boca e assobiou. Pensei que talvez estivesse chamando seu cachorro, e lá ia eu me dizendo que era um cão bem ordinário, pois nem tinha desconfiado de mim ali tão perto, quando uma mulher apareceu na porta de trás da casa. Ficou lá um minuto, protegendo os olhos e dando uma longa espiada pelas cristas, mas sem nunca olhar na direção da mina. Depois veio para fora, carregando alguma coisa na mão, e foi às pressas para a mina. Pude ver então que ela estava com seu chapéu de domingo e que era uma bolsa rústica o que levava na mão. Gente, como ela correu morro abaixo, ia voando.

"'Ora, ora,' penso eu comigo mesmo, 'tá rolando alguma coisa por aqui, sobre a qual nem eu nem esse Starnes não estamos sabendo nada.' O xerife parecia absolutamente certo de que ele não estaria em casa, e eu nunca tinha visto um casal fazer tanta confusão assim para ir a alguma parte.

"Pois bem, senhores, eles se encontraram na mina. O cara tinha posto sua caixinha no chão, com todo o cuidado, e os dois começaram a se beijar, agarrados que nem carneiros na chuva. 'Ora, ora,' penso eu, 'taí mais alguma coisa da qual nem eu nem o Starnes não estamos sabendo nada, e ele, se soubesse, começaria a se coçar.' Eu estava mais alto do que eles e, quando dei uma olhada procurando o xerife e o Tim, vi um cara sozinho vindo pelo vale. Eles não conseguiam vê-lo, mas ele, bem na hora em que o vi, percebeu os dois. Parou um minuto, como se estivesse estudando o caso, e depois veio em frente, não exatamente se escondendo, mas andando com cuidado.

"Enquanto isso os dois lá na mina estavam curvados sobre a tal da caixinha, e eu vi ela pular para trás dando um gritinho. Pois é, as coisas estavam ficando cada vez mais curiosas, a cada minuto, e eu só queria e muito que o xerife e o Tim chegassem logo. 'Se o xerife quiser uma coisa para esclarecer,' pensava eu com meus botões, 'tenho isso aí à espera dele.' E foi então que a encrenca explodiu.

"De repente os dois da mina se puseram de olho. Tinham visto ou ouvido o outro cara, que assim passou a andar com ousadia. A mulher se coloca meio por trás do primeiro; depois deixa cair a bolsa e parte em linha reta para o outro, o que tinha acabado de chegar, e tenta agarrá-lo pelo pescoço. Ele a empurra e ela cai no chão, mas se levanta e tenta outra vez.

"Pois é, senhores, ela tentando segurá-lo pelo braço e ele repelindo-a aos safanões, sem parar de andar, não rápido, mas firme, para o número um. Finalmente ela entende que não pode detê-los, e assim fica de lado, mãos escorridas pelo corpo, e vejo que ela está morrendo de medo. Quando os dois caras já estavam a quase um metro, número dois puxou o outro e o mandou, de um soco só, direto para dentro da mina. Na mesma hora ele pulou em pé e agarrou um pau da cerca que havia lá para o gado. A mulher gritou e foi se embolar com número dois de novo e, enquanto ele tenta se livrar dela, número um vem e lhe acerta uma paulada na cabeça, e ele cai como um boi. Essa gente das montanhas tem a cabeça dura, mas parecia que eu podia ouvir o crânio do camarada rebentando. Pelo menos ele não se mexeu mais. A mulher recuou, apavorada, com a cabeça entre as mãos; e o cara deu uma espiada no outro antes de jogar o pau fora.

"Pois é, senhores, era capaz de alguém me derrubar com um sopro. Lá estava eu, testemunhando um assassinato, com medo de me mexer, e nem sinal do xerife e Tim. Sempre levei a vida numa boa sem agentes da lei, mas bem que naquela hora eu precisava de um." Ek parou, com arte consumada, e contemplou seus ouvintes. Todos olhavam fascinados para o rosto dele; o olhar negro e quente do desconhecido parecia uma espada a trespassá-lo contra a parede, como uma borboleta espetada. O trem apitou de novo, sem ser ouvido.

"Continua, continua," suspirou Gibson.

O narrador, por um esforço de vontade, desviou seus olhos do desconhecido e constatou que a amena manhã de maio já estava um pouco mais fria. Por alguma razão ele não queria continuar.

"Pois é, senhores, eu não sabia se o cara ia acabar o trabalho dele logo, ou não; parecia que nem ele mesmo sabia. A mulher, o tempo todo, dava a impressão de estar encantada. Finalmente ele foi lá, pegou o que estava inconsciente, arrastou-o uns três metros pelo barranco e aí despejou-o como um saco de ração num desses buracos fundos e estreitos. A mulher, enquanto o observava, estava como que petrificada." O trem apitou mais uma vez e a locomotiva se fez visível, mas ninguém desviava os olhos do rosto do narrador.

"Parecia que ele tinha decidido o que fazer agora. Voltou correndo para onde estava a mulher, e eu pensei, meu Deus, que ia matá-la também. Mas não, ele só queria sua caixa. Pegou-a e retornou ao lugar em que tinha jogado o outro cara. Pois é, senhores, eu, se fosse capaz de me intrigar com alguma coisa então, primeiro me perguntaria o que ele estava fazendo. Mas eu estava, por assim dizer, para além do pensamento: só de olhos arregalados, como um peixe bruscamente tirado de dentro d'água.

"E o tempo todo o camarada a lidar com sua caixa, de pé na beira do tal buraco fundo. De repente ele a estendeu longe dele, sacudindo-a sobre o buraco. E por fim uma coisa toda enroscada e brilhante como uma grande corrente de relógio caiu de lá para ir bater, sempre brilhando e dando voltas, no lugar onde estava o outro cara.

"Foi aí que eu soube quem tinha matado as cascavéis."

"Meu Deus," disse alguém.

"Pois é, senhores. Eles tinham planejado botar aquela cobra no caminho, onde o número dois pisaria nela ao voltar, só que ele veio muito cedo."

"Meu Deus!" repetiu a voz, e então o chamado Lafe gritou:

"Cuidado!"

Um revólver disparou, o som bateu contra a fachada da loja e ecoou na varanda. Ek rolou da sua cadeira e tombou no chão, tentou levantar-se e caiu de novo. Lafe se pôs em pé de um salto, mas os outros continuaram sentados, tomados de mudo espanto, vendo o estranho que descia pela trilha aos pinotes para chegar aos trilhos e ao trem que passava; vendo-o agarrar-se nos degraus de um vagão, de qualquer jeito, e pular para dentro, escapando da morte por um triz.

Mais tarde, quando o médico já havia cavalgado quinze quilômetros, tratado do ombro de Ek, chamando-o de idiota, e ido embora, os outros quatro foram falar com ele.

"E aí, Ek, aprendeu a lição? Vai ser melhor pra você não contar mais a verdade."

"Não é a coisa mais inesperada do mundo? Um camarada abre seu caminho na vida por quarenta anos, sem nunca levar um arranhão, e quando ele resolve dizer a verdade, pela primeira vez, leva um tiro."

"Mas qual era a sua," reiterou Will Gibson, "contando a sua estória comprida bem na frente do cara que estava implicado. Você não o reconheceu?"

Ek se virou para eles com o rosto atormentado pela febre. Pois eu lhes digo que era tudo mentira, da primeira à última palavra. Eu nem por perto do Mitchell estive ontem."

Reagindo à sua obstinação, todos balançaram a cabeça; e aí Gibson, vendo que eles faziam a febre do paciente subir, mandou que todos se fossem. O último a sair, ele ainda se virou para uma despedida na porta.

"Não sei se você estava mentindo, ou dizendo a verdade, mas deve estar tirando de tudo uma satisfação muito grande. Se estivesse mentindo, merecia ser morto por contar uma estória tão provável que poderia realmente ter acontecido; e, se estivesse falando a verdade, merecia ser morto por mostrar como não tem juízo ao contá-la em detalhes diante do homem que cometeu o crime. De qualquer jeito, se você não aprendeu, eu aprendi uma lição. E é esta, não fale nada a não ser o indispensável e, quando tiver de falar, diga a verdade."

"Ah, sai daqui," rosnou Ek. E, declarado ao mesmo tempo culpado de veracidade e estupidez, ele se virou de cara para a parede, amargamente, sabendo que sua veracidade como mentiroso tinha acabado para sempre.

Episódio

16 de agosto de 1925

PASSAM DIARIAMENTE AO MEIO-DIA. Ele de chapéu cinza e terno escovado, sempre de colarinho e gravata, ela de touca na cabeça e um vestidinho simples de algodão estampado. Vezes sem conta a vi sentada numa cadeira de balanço nas varandas de madeira dos casebres toscos e desbotados dos morros do meu Mississippi.

Têm pelo menos sessenta anos. Ele é cego, anda apalpando aos trancos. Ela, falando sem parar, gesticulando com a mão toda nodosa, diariamente o leva à catedral para pedir esmolas; de tardinha ela volta para apanhá-lo e vai com ele para casa. Jamais eu vira o rosto dela, até Spratling a chamar da sacada. Ela olhou para os dois lados e depois para trás sem nos descobrir. Só olhou para cima quando Spratling chamou pela segunda vez.

É um rosto amarronzado, atemporal e alegre como o de um gnomo, e sem dentes: com o nariz quase encostando no queixo.

"Tá com pressa?" ele perguntou.

"Por quê?" ela respondeu animada.

"Eu queria te desenhar."

Ela olhou com atenção o rosto dele, não entendendo.

"Queria fazer um retrato seu," ele explicou.

"Então desce," ela respondeu prontamente, sorrindo. Falou com o homem que a acompanhava e obedientemente ele tentou sentar-se na estreita base de concreto da cerca do jardim. Porém caiu e um passante a ajudou a pô-lo de pé. Deixei Spratling afobadamente à procura de um lápis e desci com uma cadeira para o homem, vendo então como ela tremia — não pela idade, mas de vaidade contente.

"Assis, Joe," ela ordenou, e ele se sentou, seu rosto sem visão cheio dessa calma distante, quase divina, que só os cegos conhecem. Spratling apareceu com seu bloco. Ela ficou ao lado do homem sentado, pondo a mão no ombro dele: logo se via que eles tinham sido fotografados assim no dia de seu casamento.

Era novamente uma noiva; com essa grande capacidade de fabulação que só a morte pode nos tirar, ela estava novamente vestindo seda (ou seu equivalente) e jóias, com véu e grinalda e provavelmente um buquê. Era novamente uma noiva, nova e bonita, com a mão tremendo no ombro do jovem Joe; a seu lado Joe era algo que uma vez mais lhe abalava o coração com fascínio, adoração, vaidade — algo que dava um pouco de medo.

Um passante casual, notando isso, parou para contemplá-los. Até o cego Joe o sentiu pela mão dela em seu ombro. O sonho que ela sonhava o envolvia, além do mais, em juventude e orgulho; ele também assumiu essa impossível e fixa atitude do homem e sua noiva sendo fotografados no ano de 1880.

"Não, não," Spratling disse para ela, "assim não." Ela emburrou. "Olha pra ele, olha pra ele," ele logo acrescentou.

Ela obedeceu, ainda de cara para nós.

"Vire a cabeça também; olhe pra ele."

"Mas assim você não vai ver meu rosto," ela objetou.

"Vejo sim. Além disso, vou desenhar seu rosto depois."

Tranqüilizada, seu sorriso abriu-lhe o rosto num milhão de sulcos mínimos, como os de uma gravura em metal, e ela se pôs na pose que ele queria.

De imediato se tornou maternal. Não era mais uma noiva; já estivera muito tempo casada para saber que Joe não era nada para ser amado ou temido com excessiva paixão, mas sim, pelo contrário, uma coisa que inspirava até certo desprezo; que afinal ele era apenas uma criança grande e estouvada. (Você sabia a essa altura que ela já tinha tido filhos — talvez até perdido um.) Mas ele era dela, outro provavelmente não seria melhor e ela assim tiraria dele o melhor proveito possível, lembrando-se de outros tempos.

E Joe, de novo avaliando seu estado de ânimo pela mão dela em seu ombro, não era mais o macho dominador. E ele também, lembrando-se de outros tempos quando fora buscar consolo nela, assumiu-lhe o novo sonho. Toda a arrogância dissolveu-se nele, sentado quieto ao ser tocado por ela, desamparado porém não precisando de ajuda, sem visão e calmo como um deus que viu a vida e a morte e nada encontrou de particular importância em nenhuma das duas.

Spratling terminou.

"Agora o rosto," lembrou ela com presteza. E no seu rosto havia agora alguma coisa que não era o seu rosto. Que partilhava de alguma coisa do tempo, da raça, ambígua, enigmática. Ela estava de cara para Spratling, mas não creio que seus olhos o vissem, nem a parede por trás dele. Eram olhos contemplativos, no entanto pessoais — era como se alguém tivesse sussurrado uma sublime e colossal graçola na orelha de um ídolo.

Spratling acabou, e o rosto dela se tornou o rosto de uma mulher de sessenta, desdentado e alegre como o de um gnomo. Ela veio para ver o esboço, pegando-o nas mãos.

"Tem algum dinheiro?" Spratling me perguntou.

Eu tinha quinze centavos. Ela devolveu o retrato sem comentários e pegou as moedas. "Obrigada," disse. Tocou no marido e ele se levantou. "Obrigada pela cadeira," disse sorrindo e dobrando a cabeça para mim, e observei-os descendo lentamente a rua, perguntando-me o que é que eu tinha visto no rosto dela — ou não era nada? Virei-me para Spratling. "Deixa eu ver."

Ele olhava fixamente o esboço. "Que diabo," disse. Eu olhei também. E aí entendi o que eu tinha visto. O desenho do rosto dela tinha exatamente a mesma expressão da Mona Lisa.

Ah, essas mulheres, que não têm senão uma idade eterna! O que aliás nem é idade.

Ratos do Campo

20 de setembro de 1925

O CARRO DO MEU AMIGO CONTRABANDISTA de uísque é cor de chocolate e comprido como um barco a vapor. Tem enfeites prateados da proa à popa como um banheiro de luxo. É forrado de couro avermelhado e provido, para emergências e conveniência, de todos os acessórios que a criatividade de seu fabricante pôde imaginar que meu amigo algum dia viesse eventualmente a necessitar ou desejar. Tudo, menos um caixão. É minha crença inabalável que na primeira oportunidade esse carro vai se vingar, destruindo viciosamente seu dono.

Estávamos seguindo um costume nosso, um mau hábito que ele formara para mim e dizia ser "tomar ar"; i.e., tomar o caminho mais curto para fora da cidade e então ir a algum lugar, qualquer lugar, entre quarenta e setenta milhas por hora. Ele nunca dirige a mais de setenta porque seu carro, por alguma razão, nunca faz mais do que setenta milhas por hora. Preocupa-me constantemente a expectativa de que algum dia alguém lhe mostre como fazê-lo dar oitenta. Eu simplesmente não posso me permitir uma dissolução prematura: tenho de ganhar minha vida. Contudo, sou por natureza um otimista incurável; ele parece gostar da minha companhia e eu ainda espero tirar uma estória dele, pois maravilhosas são as estórias que ele tão casualmente me conta sobre suas primeiras lutas para tentar conciliar garrafa e rótulo. Um caso sério.

Meu amigo o contrabandista de uísque é coerentemente paradoxal. Usa uma camisa de seda, sem gravata, viciosamente listrada, que tem na frente um botão de rubi (autêntico) do tamanho de uma azeitona pequena; pendurada em seu corpo, do cinto ao bolso, enrosca-se uma corrente de relógio de platina e ouro, porém virgem: ele acredita que andar de relógio dá azar e, além disso, a qualquer lugar que vai, sempre se orienta pelo indicador de velocidade; possui uma elegante cigarreira de ouro de quatorze onças que, ao ser aberta, revela uma marca de cigarros dos quais se pode comprar cinqüenta por vinte e cinco centavos, em qualquer parte. Mas vamos lá.

Estávamos, como penso ter dito antes, tomando ar. A estrada era reta e branca, como uma fita que velozmente se desenrolasse, e a Louisiana passou à toda por nós, num verde impaciente e indistinguível. O vento batia em minhas orelhas e meus cílios se viravam irritantemente para trás, forçando-me a piscar sem parar. Foi então que aconteceu uma coisa. Notei com surpresa que o vento já não batia com tanto estardalhaço em minhas orelhas.

ESQUETES DE NOVA ORLEANS

Imagine-se a surpresa, quando descobri que estávamos indo a apenas trinta e cinco milhas por hora — praticamente nos arrastando. Um pequeno povoado se aproximava: duas fileiras de casas, uma virada para a outra, ladeando a estrada.

"Nessa velocidade, vão ter tempo de tirar o corpo da reta quando te ouvirem," gritei, como um aviso, na orelha dele.

"Tirar o corpo da reta, essa é boa," ele replicou. "Eu é que estou tirando o meu." Percebeu meu olhar indagador e acrescentou: "Polícia."

"Que isso, você então leva a sério uma bobagem dessas, um policial caipira?" Deixamos o povoado em nossa poeira e o velocímetro começou a subir.

"Deixa eu te dizer uma coisa, mermão ——" ele pisou fundo no acelerador com seu sapato amarelo muito bem engraxado "—— você pode dizer o que quiser sobre os policiais caipiras, mas, quando for se meter com um desses caras, abre bem o olho, ouviu? Eu conheço eles. Já pensei neles como você, mas teve um que me deu uma lição." Ele olhou para o velocímetro e afundou ainda mais o pé. O carro só estava dando sessenta e seis.

"É?" eu gritei. Cenho franzido, preocupado, ele olhava fixamente em frente. Era um carro praticamente novo, mas eu sabia que ele já sonhava com outro que fizesse setenta e cinco milhas por hora, ou mesmo oitenta. Não era setenta milhas por hora que ele queria, era por cinco milhas por hora que ele ansiava. Mas assim é a alma imortal do homem.

O velocímetro enfim marcou setenta e ele respirou aliviado, acomodando-se para relaxar. "É sim. Pode dizer o que você... mas lembre quando... o que você chama de tira caipira..." O vento ia rasgando as palavras que sua língua dizia. Inclinei-me para ele, agarrando bem meu chapéu.

"Não ouço nada!" gritei timidamente. "Se você diminuísse um pouquinho ——"

Ele concordou, dando-me sua rápida olhada italiana. "Eu não estava conseguindo te ouvir," expliquei quando baixamos a uma velocidade de conversa.

"Ah, sei," concordou ele com habitual cortesia. "Pois aconteceu quando eu estava em Nova York. Fazendo um bom negócio, ganhando rios de dinheiro. Eu estava assim com os chefões, me entende?" E aí deu um suspiro nostálgico. "Bons tempos aqueles, antes de os políticos arruinarem o negócio de bebidas. Agora está um inferno. Não tem mais dinheiro rolando. Agora, só para tirar o meu, tenho de trabalhar como um negro; enquanto naqueles tempos ——" Pôs-se um instante a vagar em pensamento para seu perdido Nirvana alcoólico. "Mas agora, quando se tem de vender a trinta e seis a caixa... Bem," disse filosoficamente, "não há nada que dure para sempre, não é? Mas olha que isso já foi um bom negócio mesmo. Lembro que ——"

"Mas e o tal tira caipira," sugeri para lembrá-lo.

"Ah, é. Pois bem, foi no outono de 20 ou 21, quando o negócio de bebidas ia tão bem que até por duzentos e cinqüenta se conseguia empurrar uma caixa. Nessa época eu e meu irmão estávamos na costa leste. Aí um cara que eu conhecia me chega e propõe a gente levar uma montoeira de uísque até New Haven, cidadezinha acima de Nova York, onde ia haver uma grande partida de futebol americano, e dava pra ganhar uma baba. Lá em New Haven é que fica uma dessas grandes universidades, esqueci o nome ——"

"Yale," eu sugeri.

"Acho que é. De todo modo, esse cara de quem estou te falando já tinha estado lá e sabia como tudo funcionava. Meu irmão foi a Montreal para arrumar e despachar a muamba, e eu e o outro sujeito fomos para New Haven. Você conhece as cidades universitárias, não é?"

Admiti que sim, e ele prosseguiu.

"Era uma cidade gozada, tranqüila na aparência, mas cheia de negócios para o meu ramo. Não tivemos nenhum problema de instalação por lá, melhor não podia ser. E ficamos esperando notícias do meu irmão. Tínhamos ajeitado tudo pra ele, todos os guardas da estrada tinham levado a sua, e bastava ele trazer aqueles caminhões para baixo como se estivesse indo para um piquenique de escola paroquial. Só havia uma coisa para dar preocupação na gente — os ladrões de carga. Por isso arranjamos para ele, como seguranças, uma verdadeira gangue de estranguladores. Eu sabia que podia confiar no meu irmão, que é honesto e esperto como o dia é longo. No dia em que saíram de lá, ele me telegrafou a New Haven, e assim tudo ficou combinado.

"Pois bem, a gente se enturmou em New Haven, conhecemos umas pessoas legais e estávamos passando uma ótima semana lá, sabendo que estava tudo limpo, se não Gus, o meu irmão, teria telegrafado, quando uma noite me vem um telefonema interurbano.

"Pois é, era o Gus. Lá de um buraco no mato cujo nome esqueci. Depois de terem corrido de uns ladrões de carga, eles saíram da estrada para pegar uma outra e — ó, foram pegados por um tira caipira que não tinha levado bola. E que não quis nem saber, não ouvia nada. E além do mais daltônico. E assim o Gus pagou fiança, mas ainda ficou com algum e correu para telefonar. Meu Deus, fiquei maluco. Se houvesse alguém escutando, é claro que me pegavam. Assim eu e o outro cara nos metemos num táxi e tomamos o primeiro trem.

"Meu amigo, nós tentamos de tudo com o juiz de lá. Mostramos a ele dinheiro vivo, dissemos que havia mais — cara, falei com aquele velho grisalho —————— como um irmão. Mas ele, que nem uma rocha de New England, nunca se comovia com nada; olha, teria sido mais fácil eu comprar votos republicanos na frente de

Tammany Hall[13]. Eu não sabia o que fazer. Mas meu colega não estava a fim de desistir. Dizia que ninguém podia lhe garantir que não havia um jeito de resolver a parada; e que o país tinha tomado um rumo infernal se já podiam dar um cansaço assim nos outros. Bem, eu lhe disse para ir em frente, que lhe daria dez dólares por caixa se ele livrasse a gente. E fui descansar um pouco no hotel, para poder gemer com conforto.

"Estava lá por quase uma hora, eu acho, quando chegou meu parceiro. 'Te anima, vamos,' diz ele, me dando um tapa nas costas. 'Tá tudo arranjado. Vai nos custar vinte e cinco dólares por caixa para levar a muamba, e temos de resolver rápido.'

'Vê se te manca, ô meu,' eu digo, 'cê tá sonhando.'

'Ocê que tá,' ele diz. 'Melhor se alegrar por eu ter me mexido e feito alguma coisa do que ficar parado aí e ainda chorar na minha cara.'

'Tá bem,' eu digo, 'se você já está por dentro, então me explica.' Eu ainda achava que era sacanagem dele, percebe?

"Mas não era. Ele conseguiu falar com o auxiliar do xerife que montava guarda na estrebaria onde o caminhão estava, e eles tinham concordado com vinte e cinco por caixa. Era puxado pra caramba, mas bastava a gente pôr no nosso preço mais uns dólares — as pessoas

---
[13] Sede do Partido Democrata em Albany, Nova York. NT

nem ligam quanto dão por uma caixa da coisa, quando estão comemorando. Eu queria ter certeza total de que não seríamos apanhados de novo. Mas até nisso o tira tinha pensado. Ele conhecia um camarada de Boston que tinha um avião, me entende, e ele sabia que a gente o conseguiria, nem que fosse talvez comprando. E eu então lhe disse para correr atrás do cara e levá-lo lá na mesma noite, pois só contávamos com o dia seguinte antes de o jogo de futebol ser disputado. Ele topou e disse que o levaria, como combinado.

"Bem, pois é, naquela noite o auxiliar do xerife trouxe o cara do avião para falar com a gente. E eles eram tão iguais como um par de jarras: tinham exatamente a mesma cara. Meu amigo, eu olhei para o meu parceiro pensando meu Deus! e ele olhou para mim pensando a mesma coisa. E o tal do auxiliar diz: 'Esse é o meu irmão gêmeo,' como se tivesse também pensado nisso na hora. Mas, quando nós fomos discutir o negócio, o cara do avião foi tão durão quanto o juiz tinha sido. Eu então já devia estar sabendo, mas a sorte parecia estar contra nós: estávamos piores do que duas crianças. Que é que você acha que ele queria com o seu avião? Não alugá-lo para a gente: nisso ele nem admitia pensar. Era comprar o avião no pau ou — boa-noite. E sabe quanto ele pedia? Mil dólares."

Pronunciou com viciosa unção as palavras. Depois tornou-se momentaneamente impublicável, pisando fundo no acelerador. Minha espinha adaptou-se à nossa velocidade.

"E aí o quê?" berrei. Ele reduziu.

"Que mais se poderia fazer? Não havia outro jeito de chegar com a muamba lá a tempo, e eu via pelos olhos do auxiliar do xerife que, se a gente descartasse o irmão dele, tudo ia ficar enrolado. Tinham a gente nas mãos, sabe? Nossa única esperança era poder tirar nosso dinheiro agora. Assim eu e o meu parceiro pedimos desculpa por um momento enquanto fomos ao quarto ao lado discutir a encrenca.

'Então é assim que você lida com esses policiais de araque, é?' eu digo a ele.

'Pelo menos é melhor do que as tuas transas com eles,' ele rebate.

'Admito,' digo eu, 'principalmente se você baseia seus cálculos no que isso vai nos custar.'

'Isso aí não vem ao caso,' diz ele. 'O que nós temos de fazer é cair fora do melhor jeito possível. E o negócio é ——' e eu logo o entendi.

'—— o negócio é dar uma prensa nesse tira para recuperar os vinte e cinco por caixa, quando a gente sair.'

"Assim tiramos na sorte, para ver qual de nós dois iria com a coisa e qual ficaria ali para cuidar do auxiliar do xerife. E eu perdi. O quê? Que diabo, não. Eu preferia entrar pela Casa Branca e interromper o presidente em sua mesa de jantar do que voar naquele avião. Mas eu perdi.

"Bem, encontramos os caras na estrebaria onde o caminhão estava. Tínhamos mandado o Gus a New Haven para deixar tudo por lá a jeito, e o auxiliar trouxe alguns homens com ele. Trabalhamos como escravos para socar no avião tudo que deu. Finalmente o cara achou que já não dava mais nada e combinamos de sair assim que começasse a clarear. Fui enrolando como pude para que o tira não tivesse tempo de esconder a propina, e afinal paguei a ele o que tínhamos combinado, e ele e o irmão ligaram o motor do avião e eu chamei o Joe de lado e tentei mais uma vez convencê-lo a trocar de lugar comigo. Quando eu olhava para o tal do avião e pensava que ia voar naquele troço — já me dava vontade de desistir e deixar que ficassem com a muamba. Mas eu tenho o estômago fraco, de todo modo, sobretudo antes do café da manhã.

'Ah, qualé,' diz o Joe, 'você quer que eles vejam que você amarelou?'

'Que vejam! Admito que amarelei.'

'Coragem, cara, coragem! Olhe, eu não teria medo de ir com ele, se não fosse aquela coisa de que eu tenho de cuidar.'

'Que diabo,' eu disse, 'eu cuido disso. Será um prazer. E você vai com ele.'

"Mas ele não topou mesmo. 'Dá azar mudar os planos,' deu por sua razão.

'Já ouvi sua teoria do azar um montão de vezes,' eu disse, 'mas essa pra mim é nova.'

"Mas a essa altura já estavam chamando a gente. Eu me sentia como um menino que não quer fazer uma coisa que ele sabe que é obrigado a fazer, e assim vai indo devagar e faz tudo que pode imaginar para retardá-la. Eu porém tinha de ir, e ali estava o auxiliar do xerife me dizendo: 'É, você deve fazer boa viagem,' e eu pensando: 'É, boa viagem,' com o outro que parecia um besourão. Ele me deu um capacete e — cumé que chama? e aqueles óculos de aviador que eles puseram em mim, e assim não havia o que fazer senão embarcar. Ah, meu Deus, quem dera que eu nunca tivesse ouvido falar de New Haven, quem dera que eu fosse um barbeiro ou coisa assim. E aí lá ia eu embarcando, sabe, e o Joe me empurrava e o meu estômago já começava a estranhar e eu parei e olhei-o e disse: 'Tira essas mãos de mim. Que qu'ocê quer? Quer ajudar a me matar?' Mas o Joe era gente boa e assim quando eu já estava lá dentro estiquei a mão para ele, pensando que afinal o Joe era um boa-praça, sabe, mesmo que eu não saísse daquela.

"Aí o cara subiu para o meu lado e começou a me enrolar um cinto enorme e eu disse a ele que isso não era preciso, que eu não ia tentar pular e também que nem ele tinha corpo para me jogar pelo ar. Bem, ele disse que sabia disso, o cinto era só para eu não cair.

'Cair?' eu digo.

'É,' diz ele, 'ele pode dar um pinote e te jogar fora, como um cavalo.'

"Os homens fazem umas coisas gozadas, né não? De todo modo, lá estava eu sentado, pensando que era a última vez que via o chão. Nunca fui muito de andar a pé, sabe? E ele sentou no outro lugar e injetou combustível. Fechei os olhos, me agarrei nalguma coisa e jurei que eu ia ficar ali sentado assim até chegar a New Haven. Não tínhamos ido muito longe quando o motor foi reduzido e abri os olhos depressa e já havia uma casa e uma cerca bem diante da gente. Eu nem conseguia fechar os olhos de novo.

"E aí, justo na hora em que eu pensava que a gente ia bater, demos uma volta na casa e, quando recuperei o fôlego, tínhamos retornado à direção em que vínhamos. Foi só ele pisar fundo outra vez para outra vez eu me agarrar e fechar os olhos. Depois de um tempo, quando achei que a gente estava numa situação bem segura, arrisquei outra olhada, vi o topo de uma árvore na minha frente e, se tivesse olhado mais, teria visto mais abaixo os telhados de algumas casas. E aí — mas eu tenho o estômago fraco, não é?

"Bem, depois de um tempo eu vi que não havia nada a fazer, senão ficar onde eu estava e agüentar as pontas. É claro que eu pretendia agüentar tanto quanto ele. E lá fiquei, pois não ousava me virar para ver por onde ele ia e olhar para fora me deixava tonto. Mas aprendi uma coisa: eu não forço mais minha sorte. É, meu amigo, desde então tenho sido tão indiferente quanto posso à minha sorte.

"Se você me perguntasse como se vê lá de cima, eu não poderia te dizer. Não sei. Mas uma vez olhei de lado e vi o oceano inteiro lá fora, antes de poder fechar os olhos de novo. Para mim o chão já está muito bom.

"De todo modo, depois de um tempo eu me sentia oco, como se minhas próprias entranhas saíssem de repente de mim, e me agarrava ainda mais e fechava os olhos com mais força. Enfim a gente quicou no solo e depois de um tempo paramos. Pois é, meu amigo, antes de eu conseguir me mexer, ainda fiquei uns dez minutos sentado naquele troço maldito e, quando saí, foi como se eu tivesse tido um ataque de uma doença qualquer. A gente estava num grande campo na periferia da cidade, e o cara do avião dava uma andada fumando. Eu também acendi um cigarro e me senti um pouco melhor. Tinha vontade de apanhar um punhado daquela terra e comer.

"O cara pôs o avião atravessado no campo e bem perto de um grande rochedo onde ninguém podia vê-lo, a não ser que estivesse no próprio campo, e sem demora o Gus chegou ali com os caminhões. Tinha esperado a gente lá onde o auxiliar do xerife mandou ele ficar de olho e depois então nos seguiu, percebe? E aí então mãos ao trabalho, transferimos a muamba. Uns três ou quatro camaradas apareceram por ali para saber o que estava acontecendo e um deles disse: 'Carga de quê, amigo?', e o Gus respondeu de estalo: 'Correio, meu irmão,' sem se deixar interromper.

"Acabamos logo e o Gus despachou sua rapaziada junto com a coisa. E pela primeira vez eu respirei em paz. Mas o cara do avião continuava por lá, de olho na gente, e ele diz:

'E que é que vocês pretendem fazer com o seu engradado?'

'Nosso engradado?' eu digo. Ele estendeu a mão para o avião. 'Eu, hein,' eu digo, 'eu não tenho avião nenhum. Que diabo, não quero nem ver um de novo.'

'Querem quanto por ele?' diz ele. 'Posso comprar de volta.'

'Me dá cem e leva,' digo eu.

"E assim ele fez. Fiquei contente de recuperar pelo menos isso, me entende? Tudo que eu queria era sair numa boa, e estava achando que ia ser mesmo possível, mesmo que a gente nunca recuperasse o resto. Mas eu contava fazer isso em poucos dias. Eu era como você: eu também chamava esses caras de tiras caipiras.

"Pois bem, eu e o Gus ainda o ajudamos, segurando o troço, e vimos ele dar a partida e levantar. O cara se virou, acenou para nós e eu respondi acenando. 'Adeus,' pensei, 'e tomara que eu nunca volte a te ver.' Era assim que eu via as coisas então.

"Mas de repente o Gus tira um telegrama do bolso. 'Pra você,' ele diz. 'Quase que eu esquecia.'

"Era do Joe e dizia: 'Segurar Gilman, de qualquer jeito. Chego próximo trem.'

'Gilman?' eu digo. 'Quem é Gilman?'

'Oh, esse é o nome do juiz que deu a canseira na gente,' o Gus me diz.

'Que diabo,' eu digo, 'como é que eu posso segurar o Gilman aqui? O Joe deve estar pancada. Segurar Gilman?'

"O Gus não conseguia entender mais do que eu e assim entramos no carro dele e fomos para a cidade. E no hotel encontramos um dos rapazes esperando pela gente no quarto com algumas garrafas. Já tinham colocado toda a muamba sem problemas. Já estava tudo acertado para a volta do Joe. E nós aí abrimos uma garrafa."

Íamos já há algum tempo pelo centro da cidade. Meu amigo dirigia com perícia ao falar.

"E aí?" eu quis saber.

Ele deu uma boa gargalhada. "E aí?" disse. "Pois você sabe o que havia nas garrafas?" Ficando eu quieto, ele mesmo respondeu: "Água. Água pura, não adulterada; isso que cai do céu quando chove, sabe." Novamente ele se tornou impublicável. Depois, como das outras vezes, reacomodou-se para a narração. "E cada uma daquelas malditas garrafas era a mesma coisa. Logo eu dei uma espremida no Gus, mas ele jurou que estava tudo direito quando ele as tinha comprado e que não havia a menor chance de alguém ter mexido nelas antes de serem fechadas. Ele até tinha aberto uma ou duas no caminho.

"E aí quando foi de noite o Joe chegou todo afobado. Eu e ele falamos ao mesmo tempo: 'E aí?'

'Você devolveu o golpe?' eu digo.

'Onde está o Gilman?' diz ele rapidamente, sem me responder.

'Que qu'ele tem a ver com isso?' eu pergunto.

'Tudo,' diz o Joe, dando a impressão de que ia ter um ataque.

'Você não pegou a grana?' eu pergunto, sentindo que estava ficando frio por dentro.

'Como é que eu podia? A grana estava o tempo todo com o que te trouxe pra cá. O outro se limitou a rir quando eu lhe dei minha imprensada. Me chamou de caipira.'

'Você quer dizer que não está com aquele dinheiro?' digo eu de novo, tentando compreender.

'Isso, exatamente isso. Mas, se você me disser onde está o Gilman, logo vou recuperá-lo.'

'Quem é esse maldito Gilman?' eu pergunto. 'Você não pára de falar nesse cara ———'

'Você não recebeu meu telegrama?' o Joe me corta.

'Recebi, ué,' eu lhe digo, 'mas o único Gilman que o Gus e eu conhecíamos era aquele juiz, que a essa hora, pelo que eu sei, deve estar em casa jantando.'

'Então você não sabe quem é Gilman?' berra o Joe para mim. Seus olhos saltavam fora das órbitas e o rosto parecia estar prestes a despencar de cima dos ombros. 'Gilman é aquele cara que te trouxe pra cá — ' Meu amigo o contrabandista de uísque dobrou viciosamente uma esquina. O pedestre, contudo, escapou. 'Ele e o auxiliar do xerife são os filhos gêmeos do juiz!'

Yo Ho e Duas Garrafas de Rum

27 de setembro de 1925

Era uma coisa linda de ver, chafurdando como uma grande porca prenhe nas ondas longas do Pacífico. Balançava por hábito: mesmo no mar mais calmo ia de lado a lado, suspirando e gemendo como um elefante com eterna dor de barriga, ou como um imenso e indefinido cachorro que tentava sacudir suas pulgas; a seu respeito se dizia que balançava até mesmo nas amarras de um cais. Mas com mau tempo, num mar que lhe dava todas as desculpas para balançar até se fartar, tornava-se notável e singularmente estável.

Sua velocidade máxima era de dez nós — quatro de bordo e seis à frente. Talvez fosse suficiente, talvez com mais velocidade sua tripulação fosse jogada na água. Um observador casual pensaria assim pelo menos, se olhasse da ponte de comando para vê-los agachados e quietos, magros e descarnados, pequenos e nus como crianças; uns ticos amarelos de homens com camisas muito modestas, imóveis e imperscrutáveis como múmias ou ídolos.

Com marujada chinesa e oficiais provenientes do pior rebotalho do Reino Unido, uma escória que até o estômago eclético dos domínios de além-mares rejeita de vez em quando, vomitando-a sobre a face do globo, ele fazia seus seis nós, balançando e gemendo em sua fétida rota por águas orientais, de Cantão aos estreitos de Málaca, aonde quer que a inventividade do homem cismasse de mandar um cargueiro. Podia ser visto em toda parte; amarrado mas balançando muito num cais de Cingapura, enfrentando um tufão numa ancoragem só prevista em cartas do almirantado, no ano seguinte em Bangcoc ou nas Antilhas holandesas. Por estranho que fosse, seu pessoal não mudava muito. Era como se todas aquelas almas a bordo tivessem caído inapelavelmente num sonho do qual não se podia escapar. Um sonho sórdido, pois o navio, excetuadas a ponte de comando e as cabines dos oficiais, era imundo da proa à popa. Sua personalidade era bondosa e porca, ele navegava sob bandeira britânica e anos atrás em Newcastle um humorista de olhar clarividente o batizou, quando era novo e ainda cheio de ilusões, de *Diana*.

O orgulho é uma coisa engraçada, nas várias formas que assume. O americano ou o latino "vai mal" e some de vista, deixa-se assimilar pelas pessoas e condições entre as quais o destino o joga, perde (talvez sentimentalmente) o compromisso com sua nacionalidade. Mas o britânico é mais britânico ainda, quanto mais baixo ele desce, mais espetaculosamente britânico se torna. Assim era com os oficiais do *Diana*, particularmente com Mr. Freddie Ayers, o imediato. Os outros oficiais não tinham tanto talvez por que ser britânicos. O comandante era galês, sua barba era como uma explosão vermelha e ele falava uma língua em relação à qual só uma coisa poderia ser dita: não era inglês. Do modo mais palpável possível, não era mesmo. O maquinista-chefe era escocês. Tinha a cara igual casca de noz e não falava língua nenhuma. O resto dos oficiais, com exceção do primeiro-sargento, que era eusiano [*sic*] e por conseqüência levava ou se dobrava a uma vida de cão, não sendo uma coisa nem outra, porém tendo uma ou duas sagradas gotas de sangue britânico para o encher de responsabilidades de homem branco, enquanto ao mesmo tempo sua estirpe inferior lhe negava os prazeres do branco; o resto dos oficiais parecia ter saltado do útero do tempo como canalhas já desenvolvidos, sendo britânicos e nada mais. Os homens do proprietário pareciam no entanto entender o comandante e, como não era preciso que alguém entendesse o maquinista, todos por fim se davam bem. Quer dizer, enquanto durasse o uísque.

Mr. Freddie Ayers se incumbia de falar por eles, já que falava o tempo todo, acordado e dormindo; talvez fosse também por precaução que ele dormia de olho aberto. E era isso, a visão de Mr. Ayers em suas costas, o brilho opaco dos olhos dele, cor de porcelana como os de um cadáver, que fazia o primeiro-sargento temê-lo como a própria morte. Mas ao despertar e nos primeiros estágios de seu cotidiano inebriamento Mr. Ayers era a jovialidade e o bom humor em pessoa, quando se sentava no salão e se agarrava ao seu copo, chupando o cachimbinho curto e reto, tão palpável e ostensivamente britânico com seus olhos de peixe e seu bigode de guarda real roído de bichos. Foi ele que, antes de o matar num acidente inevitável, apelidou o taifeiro sibilante e esvoaçante de Yo Ho.

"É um nome ótimo, sabe," explicou em sua insuportável voz londrina, zurrando impudentemente com satisfação calorosa, ao maquinista-chefe. "Bem de marinha, né?"

O maquinista virou sua cara desdentada de quebra-nozes para o primeiro oficial e respondeu, como fazia com todas as perguntas, mandando goela abaixo uma golada de uísque com água. E assim o taifeiro se tornou Yo Ho, aceitando sem surpresa o nome que lhe foi impingido, aparecendo em suas sandálias ciciantes de palha quando berravam por ele, servindo-os com eficiência e essa distante tolerância amarela pelas extravagâncias do homem branco.

O *Diana* tinha saído de Cantão, com destino a Bangcoc, com uma carga de máquinas de costura de fabricação americana, quando Mr. Ayers, o imediato, matou num acidente inevitável o taifeiro Yo Ho.

O comandante fitou morosamente Mr. Ayers, através da incandescente irrupção de sua barba. "Matou pra quê?"

Mr. Ayers esvaziou seu copo e pela enésima vez tentou se justificar. "Pois te garanto que foi um acidente. Eu pensei que ele fosse o mestre da guarnição; burrice da minha parte, admito; mas, que inferno, agora está feito. Não posso ressuscitar o cara, não é?" Viciosamente Mr. Ayers encheu seu copo outra vez. "Tá assim dessa gente por aí; os chineses são todos iguais."

Incrível, mas a essa altura o maquinista-chefe falou, apoiando o imediato. "Não faz falta," disse resmungando. Depois, com toda a clareza: "Não valia nada." Mr. Ayers e o comandante logo olharam para ele, que modestamente se recolheu a seu copo, tomando uma golada esticada para saboreá-la em paz.

"Mas matar pra quê?" repetiu o comandante.

"Que diabo, chefe," disse Mr. Ayers com justificável exasperação, "eu não sou branco? Não posso matar um nativo, se eu quiser? Não fui o primeiro a fazer isso, assim como não sou o primeiro a alguma vez ter cometido um erro. Nunca me passou pela cabeça despachar o rapaz; era o mestre da guarnição que eu estava querendo. Ele não tinha nada que pular na minha frente assim tão de repente, sem nem me dar tempo de reconhecê-lo. Foi culpa dele, ora essa!"

O mestre, já acostumado a ser saco de pancadas de Mr. Ayers, tinha desenvolvido a tal ponto sua capacidade de resistência, que uma paulada como aquela que derrubara o infeliz Yo Ho nem sequer o perturbava; ele a assimilava, assim como assimilava o trabalho ou os tufões ou qualquer outro inexplicável ato do Destino. Mas o crânio jovem e comparativamente ainda pouco testado de Yo Ho era frágil e, quando Mr. Ayers, sofrendo ligeira indigestão, foi informado após o jantar de que uma turma encarregada de arrumar carga no porão de trás tinha feito uma grande trapalhada e deixado as escotilhas abertas, um ataque de raiva o possuiu. Yo Ho respondeu em presto alarme à sua berraria e saiu em disparada procurando o mestre.

Quanto mais pensava em seu estômago e no porão aberto, mais louco ficava Mr. Ayers, e assim, pegando seu bastão pesado e curto, que bem-humoradamente ele chamava de a mulher do mestre, foi furiosamente e a passos largos atrás de Yo Ho, cuja forma sumia.

As estrelas tropicais flutuavam no céu, balançando lentamente ao redor do mastro do *Diana*; estava escuro no convés. Era essa a desculpa de Mr. Ayers, foi por isso que ele acertou o primeiro homem a aparecer na entrada do castelo de proa. Por acaso era Yo Ho, correndo de volta para o salão, onde sabia que já deviam estar querendo ele. E daí rola uma estória, como dizem os autores de ficção.

"Pois é, sabe, eu não tive como evitar," reiterou Mr. Ayers. "Não estava atrás dele. O bestalhão devia ter saído de banda, ou então dizer quem era. Você não pode me culpar por eu manter a disciplina a bordo, não é?"

O comandante se limitou a grunhir, alisando um pouco a barba. "Enterra ele logo," disse por fim.

"É pra já, comandante," concordou Mr. Ayers, respirando mais aliviado. Ele ergueu a voz: "Yo ——" Mas interrompeu-se envergonhadamente, para voltar a si e lembrar-se.

O maquinista olhou-o com um prazer malévolo. "Cê agora num tem jeito, vai ter de servir seu próprio uísque, né?" ele grasnou.

O dia seguinte veio com seus próprios problemas. Enquanto Mr. Ayers tomava providências para enterrar o taifeiro no mar, uma delegação do castelo de proa o aguardava. Mantiveram-se calmos, sem nenhum espalhafato, calmos até demais. Mas Yo Ho deveria ser enterrado em terra, com toda a decência. Mr. Ayers tentou seu costumeiro método de explodir e xingar espezinhando-os, tentou a lógica, tentou a lábia. Eles porém não se abalaram, e Mr. Ayers, olhando para seus rostos calmos e imperscrutáveis, viu ali alguma coisa que o fez pensar. Há algo eterno no Oriente, algo elástico, porém de pétrea natureza, contra o qual as fugazes explosões do ocidental, seus métodos eficientes e passionais, são como vento. Yo Ho deveria ser enterrado em terra. Ponto, e estava acabado. Mas estava mesmo? Mr. Ayers, já apelando para a grosseria, empanturrado de sua dominação indiscutida, de sua amena convicção no tocante à sua superioridade racial; Mr. Ayers olhou um por um aqueles rostos, quietos, distantes, destituídos de expressão como ídolos, e Mr. Ayers sentiu uma coisa fria por dentro. Levou seu problema para o comandante.

O comandante tinha sua vivência de Oriente. Sua única resposta foi maldizer Mr. Ayers, o taifeiro morto, o mar e toda a estrutura de uma civilização que inventou navios e mandou homens ao mar, em seu gaélico nativo.

"Temos de fazer alguma coisa logo," Mr. Ayers acrescentou, incomumente humilde. "Nessa latitude ele não vai durar muito."

O comandante, sua barba mais explosiva que nunca, voltou a xingar Mr. Ayers em gaélico. Pouco tempo depois Mr. Ayers, castigado e silencioso, seguiu-o à ponte de comando.

Deu-se assim que um navio que transportava uma carga valiosa, um navio de doze mil toneladas que exigia trinta e nove homens para ser operado, teve de mudar de rota e passar três dias à procura de terra, a fim de desembarcar um chinês morto. E por mais um pouco isso se tornaria uma verdadeira corrida, pois, como disse Mr. Ayers, nessas latitudes próximas do equador ——

O castigo de Mr. Ayers não durou senão uma noite. Ele defendeu sua integridade, aguçou com uísque sua superioridade de branco, e na manhã seguinte, todo assanhado no convés, acabou se excedendo, de tanto que tentou corresponder a seu papel costumeiro. Porém, contra aquela muralha de contemplativa calma oriental, de preocupação com alguma coisa muito, muito mais antiga do que Mr. Ayers e sua civilização cogumelosa surgida apenas na véspera, ele teve de novo uma impressão de irritantes inferioridade e incerteza. E o tempo todo Yo Ho jazia lá na frente sob uma lona estendida bem na ponta do castelo de proa, ignorando-os por completo. Pouco se lhe dava o que pensava a respeito Mr. Ayers, que se dirigiu para o salão e tomou um uísque com soda.

    Flutuava o *Diana* sobre as ondas. Os dias queimavam lenta e terrivelmente no alto; e as noites se seguiam sem que o calor diminuísse. Mr. Ayers se escondia em sua cabine, suando e praguejando, contando as horas que faltavam para eles conseguirem se livrar do corpo, para o navio tornar-se novamente um mundo saudável, digno de ser habitado por um homem. Nunca teria admitido que acabar com um nativo pudesse deixar alguém assim tão nervoso, mas Yo Ho parecia ter se tornado parte dele: ele era Yo Ho vivo, Yo Ho era ele mesmo, morto no castelo de proa e alvo de risos. Logo Yo Ho passou a ser mais do que um sonho de Mr. Ayers e, por ordem do comandante, transportaram-no à ré para o tombadilho. Como se sabe, nessas latitudes sob o equador ——

    Navegava o navio e Yo Ho dormia com seus ancestrais em sua própria glória celestial; e uma noite Mr. Ayers, canalha feito ele só, foi até a amurada e jogou fora, longe, bem longe na escuridão, o bastão que bem-humoradamente ele chamava de a mulher do mestre. O navio navegava.

Deram enfim com terra à vista, e bem na hora; uma ilha ao largo da ponta do Cambódia, perto do cabo mais ao sul do Sião continental. E aqui de novo o Oriente erguia sua implacabilidade incorpórea como neblina contra o Ocidente e a civilização e a disciplina. Todos eles iam à terra para se despedir de Yo Ho. O comandante contemplou rapidamente sua impassível tripulação amarela e, após designar o primeiro e o segundo oficiais para irem juntos, retirou-se praguejando para sua cabine. O maquinista-chefe e um de seus mecânicos se juntaram ao grupo para organizar a saída.

Havia uma aldeia. Enquanto eles arranjavam com o chefe um carro e um boi, numerosas crianças, nuas e brilhantes como moedinhas, apareceram silenciosamente como animais, olhando-os sem nenhuma maldade, como crianças. Primos e amigos de Yo Ho o colocaram no carro, pondo ao lado dele duas cestas de vime; e com os quatro homens brancos andando a barlavento e os chineses seguindo atrás, lá se foi a procissão.

O sol estava implacável, vermelho como uma boca de fornalha; deixada a praia para longe e já com eles em meio a grandes árvores impenetráveis, o calor se tornou terrível. Mr. Ayers, olhando para trás, enxugando a flórida face, via com inveja e exasperação os chineses calmos, que nem suavam, que seguiam docilmente, passo a passo, sem tirar os olhos do chão. Mr. Ayers soltou um palavrão e subiu no carro. Ah, se ele ainda conseguisse acabar com essa maldita encrenca! Seus três companheiros seguiram seu exemplo e o ajudante do maquinista fez então uma descoberta.

"Oba, óia só isso aqui!" exclamou ele. Eles olharam. Numa das cestas de vime havia comida para Yo Ho, e na outra havia duas garrafas de uísque, que deveriam também ir para a cova, por temor de ele acordar e ter fome, ou por temor de ele ser pobre demais para dar presentes, como é desejável.

Mr. Ayers sentiu certo escrúpulo: ele realmente estava bem preocupado com toda a encrenca. Mas logo os outros o tranqüilizaram. Como o colocou o maquinista, prorrompendo de novo em rara fala: "Que isso, cês querem me tirar o que é meu?" e já tapando com o gargalo da garrafa sua cara de noz.

"Quem liga pr'um maldito nativo?" apoiou-o o mecânico, bebendo também por sua vez.

Lá pelas tantas, quando a segunda garrafa se esgotou, já estavam todos cantando e aos berros. O sol pairava cada vez mais baixo e mais quente. A noite completa e impenetrável era iminente sobre a selva, como um cobertor.

"Vamos precisar de mais uísque pra noite," o maquinista, interrompendo-se, sugeriu. Era verdade absoluta, e eles pararam de cantar para se entreolharem.

"Não tem problema," garantiu-lhes o satélite do maquinista. "Freddie é que é o homem para arranjar uísque pros parceiros, né amigão?"

"Que diabo," disse Mr. Ayers, "como é que eu vou arranjar uísque aqui neste lugar?" Olhou em volta para a selva, e para a trilha estreita e batida. Atrás deles, os chineses andavam incansavelmente.

"Ué, como foi que arranjou este?" Mr. Ayers, olhando fixo, tentava focar sua visão. "Acabando com um china, não foi?"

Claro. Estava mais do que claro. E ali havia — Mr. Ayers olhou de novo para trás — literalmente milhares deles andando, andando incansavelmente.

"Ei," Mr. Ayers disse de repente, "agüentem um pouco, tá bem?, que eu vou dar um pulo ali para matar outro china e arrumar mais uísque," explicou ele, saltando no chão.

"Opa, cada qual então mata um," emendou o primeiro-sargento. "A gente assim arruma de montão."

Todos saltaram do carro. Os chineses, na mesma hora, pararam se amontoando.

"Cuidado agora," disse em voz baixa Mr. Ayers, acautelando-os. "Não assustem eles; senão podem subir numa árvore."

Os chineses mantiveram-se a observá-los enquanto os brancos se aproximavam deles com fingida despreocupação. Aí então o auxiliar do maquinista, tendo sem dúvida seu sangue de caçador ativado, deu um pulo brusco para a frente, com um grito de gelar o sangue de horror. Os outros três pularam atrás dele, mas era tarde. A caça tinha desaparecido entre as árvores, silenciosamente como neblina. Mas os caçadores foram intrépidos. O mecânico gritou "Se mandaram!" e aos berros mergulhou à captura, e os quatro brancos, na lascívia da perseguição, tropeçavam, caíam, reerguiam-se, numa algazarra de exclamações pelo mato, enquanto de vez em quando o "Se mandaram!" do mecânico elevava-se em vão contra o silêncio da selva de dez mil anos de idade. Nem sequer um chinês eles porém acharam. A caça tinha evaporado, como tantas sombras.

Baixava a escuridão quando um a um o grupo desgarrado retornou ao caminho. Eles agora se puseram bem juntos, abafando a respiração e a voz enquanto a noite tropical caía como repentina cortina e estrelas grandes e quentes explodiam sem barulho, quase na ponta dos seus dedos. Nenhum deles estava mais de porre.

Acenderam fósforos para examinar a estrada. Não havia pistas: o carro devia estar entre eles e a praia. Voltaram pelo mesmo caminho, andando rápido, seguindo a trilha que se abria como uma chicotada entre as árvores. De vez em quando alguém levava um tombo e se levantava xingando, correndo para juntar-se ao grupo de novo, conhecendo o terror que há na calada do nada. Quando finalmente (depois de quantas horas nem eles mesmos sabiam) avistaram uma luz fraca, já estavam quase correndo. Era a aldeia; ouviram o barulho das ondas, viram a pálida luminosidade do mar e as luzes do *Diana* em lenta oscilação.

De repente alguma coisa lhes surgiu pela frente; era o carro de boi, com o animal a ruminar placidamente nos varais. Mr. Ayers gritou e a voz do mestre, em discreta reprovação, disse: "Por aqui, sô!" de algum lugar perto de seus pés. Mr. Ayers riscou um fósforo.

Ao redor, placidamente agachada na poeira, polidamente a tripulação esperava pelo prazer do homem branco. O mestre da guarnição levantou-se e seus homens, silenciosos como morcegos, o acompanharam.

"Sinhô num vem, barco num vai," explicou o mestre. "Mas sinhô vem e agora barco vai."

Mr. Ayers acendeu outro fósforo e olhou o carro por dentro, inutilmente, porque o carro estava vazio.

Este livro foi impresso nas oficinas da
Distribuidora Record de Serviços de Imprensa S.A.
Rua Argentina, 171 – Rio de Janeiro, RJ
para a
Editora José Olympio Ltda.
em julho de 2002

*

70º aniversário desta Casa de livros, fundada em 29.11.1931